KRIMINALROMAN **PATRÍCIA MELO**

Der Nachbar

Aus dem brasilianischen Portugiesisch
von Barbara Mesquita

TROPEN

Die Übersetzung aus dem Portugiesischen wurde mit Mitteln des Auswärtigen Amts unterstützt durch Litprom e. V. – Literaturen der Welt

Das Zitat auf Seite 102 stammt aus: Edgar Allan Poe: *Der Rabe*.
Übersetzung von Hans Wollschläger, Zürich 1999.

Tropen
www.tropen.de
Die Originalausgabe erschien unter dem Titel »Gog Magog«
im Verlag Rocco, Rio de Janeiro
© 2017 by Patrícia Melo
Dieses Werk wurde vermittelt durch die Literarische Agentur
Mertin Inh. Nicole Witt e. K., Frankfurt am Main
Für die deutsche Ausgabe
© 2018 by J. G. Cotta'sche Buchhandlung
Nachfolger GmbH, gegr. 1659, Stuttgart
Alle deutschsprachigen Rechte vorbehalten
Printed in Germany
Cover: Zero-Media.net, München
unter Verwendung eines Fotos von
© Denis Cohadon / Trevillion Images
Gesetzt von C.H.Beck.Media.Solutions, Nördlingen
Gedruckt und gebunden von CPI – Clausen & Bosse, Leck
ISBN 978-3-608-50387-6

Für meinen Freund Cláudio Rossi

»I will show you fear in a handful of dust.«
T. S. Eliot, The Waste Land

TEIL I

1

Ich habe weder das absolute Gehör mancher Musiker, noch sind meine Ohren so sensibel wie die von Hunden. Aber ich habe nie begriffen, warum Lärm nicht zu den wirkungsvollen Stichwaffen gezählt wird.

Ein Gelächter wie das aus dem oberen Stockwerk, das in spitzen, hysterischen Ausbrüchen mitten in der Nacht zu mir herunterdringt, kann genauso verletzen, dachte ich, als ich wach wurde. Nicht wie eine Pistole, ein Messer oder ein Seil. Seine Wirkung ähnelt eher der bestimmter Gifte, die zwar nicht töten, aber unsere Gesundheit ruinieren. Unser Leben zersetzen. Unseren Geist verwirren.

Eine weitere Nacht, in der mein Schlaf unterbrochen wurde. So ging das jetzt ständig. In manchen Nächten zwangen sie mich, mir verdorbene Lieder anzuhören. Oder Beischlafgestöhne. Stimmen. Gepolter. Oft rauschten dort oben die Elektrogeräte. Der Fernseher. Wenn es nicht rauschte, klapperte es. Zu später Stunde knallte es. Und dann erst dieses teuflische Fußgetrappel, unbeschreiblich. Es ließ mir nicht eine Sekunde Ruhe. Klack klack klack durch den Flur, hin und her, her und hin, bis tief in die Nacht.

Was war nur aus dem friedliebenden Biologielehrer in mir geworden?, fragte ich mich, erstaunt über die grausamen Gedanken, die mir jedes Mal in den Sinn kamen, wenn der neue Nachbar mich störte. Ygor war sein Name. Genau so, mit Ypsilon. Das Ypsilon musste für seine vielleicht schon verstorbenen Eltern von kapitaler Bedeutung gewesen sein, und deshalb nannte ich ihn Senhor Ypsilon.

Ich konnte mir lebhaft vorstellen, wie sich die Szene vor über zwei Jahrzehnten in der Familie Silva abgespielt hatte. Wie soll das Kind heißen?, hatte der Standesbeamte gefragt. Ygor, mit Ypsilon, hatten die Silvas in dem Glauben geantwortet, das Ypsilon werde dem Jungen eine vielversprechendere Zukunft, wer weiß, vielleicht als Fußballspieler, bescheren.

Es war dieselbe Logik, nach der die Eltern meine Schülerliste alljährlich mit einem Haufen seltsamer Namen voller Doppelkonsonanten und Buchstaben füllten, die es in unserem Alphabet vor der Rechtschreibreform nicht gegeben hatte.

Im Falle des Senhor Ypsilon schien der Zauber aber tatsächlich zu funktionieren. Jedenfalls war sein Auto gediegener als meins. Ebenso seine Kleidung. Was meine Abneigung gegen ihn nur noch vergrößerte.

Als ich die Wohnung zu Beginn meines Lehrerdaseins gekauft hatte, war mir durchaus bewusst gewesen, dass ich mit Problemen aller Art konfrontiert werden könnte, mit Arbeitslosigkeit, Schwierigkeiten, den Kredit abzubezahlen, ich hatte es sogar für möglich gehalten, dazu verurteilt zu sein, den Rest meiner Tage in dieser winzigen Wohnung in einem hässlichen Viertel der Stadt, eingezwängt auf engstem Raum, verbringen zu müssen. Allerdings hätte ich mir niemals träumen lassen, dass ich irgendwann einmal weniger als drei Meter über meinem Kopf einen Geräuschproduzenten dieses Kalibers haben würde.

Es wäre nicht schwer, den einzigen Treppenabsatz, der mich von Senhor Ypsilon trennte, unbemerkt hinaufzugehen. In unserem Haus gab es keine Kameras. Wenn er alleine wäre und, wie es schien, telefonierte, müsste ich nicht einmal klingeln. Zwei diskrete Klopfzeichen an der Tür. Und wenn er vor mir stünde mit seinen Schweinsäuglein, würde ich ihm einfach eine Kugel mitten in die Stirn jagen, und die Sache wäre erledigt. In zwei Sekunden wäre ich zurück und läge wieder in meinem Bett. Wie sollte man mich fassen?

Der Hausmeister würde den Polizeibeamten von meinen häufigen Beschwerden berichten und die zwischen mir und Senhor Ypsilon ausgetauschten Beleidigungen schildern. Sie hatten ständig Streit, würden die anderen Hausbewohner aussagen. Na, und? Aus welchem Grund wohl hat das Neue Testament das Gebot »Liebe deinen Nächsten« aus dem Alten Testament in »Liebe deine Feinde« geändert? Weil seit biblischen Zeiten der Nächste, der Nachbar, gleichbedeutend ist mit dem Feind.

Am schwierigsten, dachte ich, ohne die Kraft aufzustehen, wäre die Frage der Logistik. Wo würde ich mir eine Waffe beschaffen können? In der Schule? Von denselben Schränken, die mich jedes Mal, wenn sie eine schlechte Note bekamen, bedrohten?

Eder zum Beispiel. Ein bulliger Typ von fast zwei Metern, das Hirn total zugekifft. Ich könnte ihn dafür bezahlen, die Sache zu erledigen. Zweifellos hatte er Erfahrung mit derlei Dingen. Auf die eine oder andere Weise gerieten alle diese Jungs aus armen Verhältnissen, die beim Verlassen der Grundschule gerade einmal halbwegs lesen und schreiben konnten, auf die schiefe Bahn. Ich war mir sicher, dass Eder froh wäre, nicht mehr bei mir im Unterricht erscheinen zu müssen. Anwesenheitsbestätigung und gute Noten bis zum Ende des Schuljahres, würde ich sagen, wenn du mir einen kleinen Gefallen tust.

Soll ich Ihnen die Reifen wechseln? Ihre Sachen für Sie tragen? Weder noch, Eder. Ich will, dass du meinen Nachbarn tötest. Der Plan ist einfach. Wir brauchen lediglich das Moped von deinem Botenjob und die Waffe, die du am Wochenende bei deinen Überfällen verwendest.

Odair, der Mathematiklehrer, hatte mir kürzlich erzählt, dass viele unserer Schüler samstags und sonntags Überfälle begingen, um ihren Verdienst als Botenjunge oder Supermarktaushilfe aufzubessern.

Fahr mit dem Moped hin, würde ich zu Eder sagen, und warte, bis mein Nachbar aus der Garage kommt. Er ist leicht zu erkennen: ein pockennarbiger Typ mit dem Modewagen des Jahres. Von der Sorte gibt es dort keinen anderen. Du folgst ihm zwei Häuserblocks, bis sich eine Gelegenheit ergibt, du weißt schon, eine entlegene Ampel in unserem heruntergekommenen Viertel. Ist doch ganz einfach, oder?

Anfangs würde niemand Verdacht schöpfen. Selbst wenn es Zeugen gäbe, wer würde es wagen zu reden? Hier herrschen schließlich Regeln. Nichts sehen, nichts hören, nichts sagen, so wie in der Allegorie von den drei Affen. Wir haben Angst vor den Verbrechern und noch größere Angst vor der Polizei. Für die einen sind wir die Zielscheibe, von den anderen werden wir drangsaliert. Das Problem, schloss ich entmutigt, wäre der Killer selbst. Was aber, wenn er mich später erpressen würde? Wäre ich dann gezwungen, in der Schule einen mörderischen Reigen zu inszenieren? Jocelen tötet Wesley, den Mörder von Sueliton, der Eder auf dem Gewissen hat? Selbst wenn der Killer mich nicht erpresste, bestünde immer noch das Risiko, dass er in nicht allzu ferner Zukunft wegen einer anderen Straftat verhaftet und am Ende meine Mitwirkung an dem Tod von

Senhor Ypsilon verraten würde. Wie sollte ich da ruhig im Bett liegen und schlafen? Nein, dachte ich, wenn schon töten, dann müsste ich selber den Abzug drücken. Und fragte mich, ob ich in dem Fall wohl auf mich zählen könnte. Wäre ich denn zuverlässiger als irgendein dahergelaufener Krimineller? Selbstbeherrschung ist eine komplexere Kunst als die, ein Verbrechen zu begehen. Und was, wenn ich scheiterte? Wenn ich das Ziel verfehlte? Ihn nur verletzte, anstatt ihn zu töten? Oder wenn mich im Falle des Erfolgs mein Gewissen bei lebendigem Leib auffräße? Ich bin kein Mörder, sagte ich laut und rollte mich über den Körper meiner Frau. Marta rührte sich nicht. Sie nahm seit längerem Schlafmittel, die sie aus dem Krankenhaus mitbrachte, in dem sie arbeitete, starke psychotrope Substanzen, die weit mehr vermochten, als beim Einschlafen zu helfen, und eine Art nächtliches Koma verursachten, einen Suizid, den der Morgen wieder rückgängig machte. Warum tat ich es ihr nicht nach? Ja, es stimmte, das hätte den Stress vielleicht reduziert. Aber der Lehrerberuf bereitete mir schon Probleme genug, als dass ich mir Sorgen wegen Zwölffingerdarmblutungen oder noch schlimmerer Dinge hätte machen wollen, von denen in den Beipackzetteln die Rede war. Leberdingen. Krebserregenden Dingen.

Jetzt vergiss mal den Ärger, sagte Marta, und sie hatte recht. Geh Klassenarbeiten korrigieren. Bereite deinen Unterricht vor. Es ist kontraproduktiv, mit der Galle zu antworten, befand sie. Theoretisch war ich ihrer Meinung. Praktisch aber war mir die Theorie scheißegal, vor allem, weil wir bereits bei dem Mann mit einer Flasche Wein geklingelt hatten, die ich anschließend ungeöffnet im Müllcontainer unseres Hauses wiederfand.

Gala, unsere alte Katze, folgte mir träge durch die Wohnung und verkroch sich unter einem Schrank, als sie mich in der Küche den Besen holen sah.

Ich zog einen Resopalhocker in die Mitte des Raumes und stellte mich, den Besen wie ein Schwert schwingend, darauf. Dann wartete ich ab, bis ich das diabolische HahaHAHAHA-HAHAHAhahaha vernahm und hämmerte gegen die Decke, so energisch, als wollte ich den Leib eines Drachens durchstoßen.

Die Hausfrauentaktik löste das Problem zwar nicht, entschärfte es aber und funktionierte wie eine Art Ventil für den Hass, den ich nährte, seit wir unsere Fehde vor über sechs Monaten begonnen hatten. Gala gefiel das allerdings gar nicht. Ich musste sie unter dem Spülschrank hervorholen und meine Nase an ihrer Schnauze reiben, so wie immer, wenn ich sie beruhigen wollte.

Ich war schon mit der Katze auf der Schulter auf dem Rückweg ins Schlafzimmer, als etwas bisher nie Dagewesenes passierte. Etwas wie ein verspätetes Echo meiner Stockschläge dröhnte durchs Wohnzimmer. Und dann plötzlich Stille. Eine böse, künstliche, bedrohungsschwangere Stille. Gelähmt vor Wut hörte ich nichts als meinen Atem eines Jägers. Ich ging zurück in die Küche und schnappte mir den Besen. Gala rannte hinter den Kühlschrank. Nur um zu testen, wo genau der Halunke sich befand, klopfte ich etwas weniger hart gegen die Decke. Es dauerte keine Minute, bis die Antwort von oben ertönte: Tack Tack Tack. Und anschließend entlud sich ein weiteres dreckiges Lachen durch den Steinboden und bohrte sich wie ein scharfgeschliffenes Messer in mein Hirn.

In mir krampfte es sich zusammen, ein Stich in der Bauchnabelgegend, der mich am ganzen Leib bis in die Fingerspitzen erzittern ließ. So war das also? Nicht nur, dass der elende Hund uns ständig störte, jetzt machte er sich auch noch lustig?

Explodierend vor Wut donnerte ich gegen die Decke, ein Mal, zehn Mal, zwanzig Mal, als wäre ich Jona und versuchte, mich aus den Eingeweiden des riesigen Fischs zu befreien. Als wäre ich Ismael und kämpfte gegen den weißen Wal. Es war nicht nur das Bedürfnis, meinen Nachbarn zu töten, das mich verzehrte. Ich wollte auch seine Gedärme zerfetzen und ihn auf meiner improvisierten Harpune aufspießen.

Ich hielt erst inne, als ich den von Gipsstücken übersäten Boden bemerkte. Meine Arme brannten. Erschöpft ließ ich den Besen sinken, in dem unguten Gefühl, nicht mehr zu sein als ein pochendes Nervenbündel.

Ich setzte mich auf den von Putzresten bedeckten Boden, schloss die Augen und dachte, dass es bestimmt gut für meine Gesundheit wäre, wenn ich weinen könnte. Ich fühlte mich vergewaltigt. Zerschmettert. Vergiftet. Dieser Mann saugte alle Energie aus mir heraus. Stahl mir meine Nacht, meinen Sonntag, meinen Frieden.

Wahrscheinlich bringt man so am Ende den Mut auf, dachte ich. In einem solchen Moment einen Revolver zur Hand zu haben reicht aus, um aus einem friedfertigen, ehrlichen Menschen wie mir tatsächlich einen Mörder zu machen.

2

Tack Tacktack. Spitze, Hacke. Füße, die hin und herlaufen. Ins Bad. Ins Schlafzimmer. Tack Tacktack. Und zurück ins Bad. Und ins Schlafzimmer. Spitze. Hacke. Das morgendliche Gerenne des Senhor Ypsilon, kurzer, leichter Trott, in einem pausenlosen, nervösen Rhythmus, ließ mich erahnen, was für ein Mensch er war: neurotisch, planlos, wirr. Was sollte das sein? Läuterung auf Kredit?

Am Frühstückstisch spürte ich, nachdem ich zu Fuß zum Bäcker gegangen war und anschließend Rührei zubereitet hatte, wie die Schuhe von Senhor Ypsilon auf meinen frischen Brötchen, meinem Obstsalat und meiner Zukunft herumtrampelten.

Gehüllt in ihren alten, mausgrauen Morgenmantel kam Marta in Pantoffeln ins Wohnzimmer geschlurft und rief, noch ehe sie sich zu mir gesetzt hatte, im Krankenhaus an, um sich nach einem Patienten zu erkundigen.

Im Allgemeinen musste ich beim Anblick ihrer verblassten Gestalt an unsere guten, alten hochwertigen Kleider denken, von denen nach zu häufigem Waschen nur noch die Reinlichkeit übrig geblieben war. Das Krankenhaus hatte das fertiggebracht. Nicht, dass es in mir lebendiger ausgesehen hätte. Der Lehrerberuf macht die Menschen genauso kaputt. Aber zumindest war ich noch ein Mann. Ich meine, wenn mich jemand auf der Straße anschauen würde, sähe er einen Mann. Die Frau in Marta war von den Bereitschaftsdiensten aufgefressen worden.

Sie war geschrumpft, hatte ihre Blüte verloren. Übrig geblieben war eine Handvoll Fleisch, das den Kittel ausfüllte und die Spritze hielt.

An diesem Morgen aber bemerkte ich etwas Neues an ihrer kleinen Gestalt. Wenn sie sich beim Telefonieren bewegte, trat ein goldener Schimmer auf ihre volle Mähne. Endlich hatte sie den Appellen unserer Tochter Gehör geschenkt und den vereinzelten weißen Haaren den Garaus gemacht. Ich überlegte, ihr ein Kompliment zu machen. Gut sieht das aus, wollte ich schon sagen, als sie auflegte. Doch noch ehe ich den Mund aufmachen konnte, erzählte sie mir, dass auf der Station soeben der Herr Soundso gestorben war. »Ich wusste es«, bemerkte sie und goss sich eine Tasse von dem Kaffee ein, den ich gerade gekocht hatte. »Man spürt es einfach«, sagte sie. »Man sieht es in den Augen der Menschen, sie sterben früher. Die Augen sterben zuerst. Manchmal kämpft der restliche Körper noch und will weiterleben, aber die Augen haben bereits aufgegeben.«

»Wie die Ratten auf einem untergehenden Schiff«, wollte ich schon sagen. Spitze, Hacke. Aber ich wusste, Marta wollte nichts hören. Tack Tacktack. Sie wollte reden. Spitze, Hacke. Sie musste reden. Ihr Handy war voller Fotos von Menschen, die am Ende waren, durchsichtig, aufgerissen und zugenäht, manche krebskrank, andere Infarktpatienten, manche an Schläuchen hängend, andere im Rollstuhl, dieser hier hieß Guilherme und die hier Rosana, das hier ist Norma und der da Maurício, alle waren auf dem Wege der Besserung oder im Begriff zu sterben, manchmal ging es ihnen unvermittelt besser, um kurz darauf doch zu sterben. Marta wollte gar nicht meine Meinung hören, wenn sie mir von den Fällen erzählte, es war auch keine Unterhaltung, kein Dialog, es war vielmehr ein Auskotzen und für

Marta eine Form, sich zu befreien – von dem Krebs der anderen, von dem fremden Emphysem, von dem plötzlichen Organversagen und der Allgemeininfektion, die zu ihrer täglichen Routine gehörten. Für gewöhnlich hörte ich ihr aufmerksam zu, meine Aufnahmebereitschaft tat ihr gut. Das war unsere Gemeinsamkeit: Sie kippte aus und ich sammelte ein. Jedenfalls beim Frühstück. Doch auf einmal gab es nun das da zwischen uns: Tack Tacktack. Schlafzimmer, Bad. Bad, Schlafzimmer.

»Er macht sich zum Gehen fertig«, sagte ich und deutete mit dem Finger zur Decke hinauf. »Hörst du?«

Mir war schon länger aufgefallen, dass auch das Gehör Intelligenz erfordert. Ich will damit nicht sagen, dass Marta dumm war. Aber manche Menschen hören eben nur, was sie sehen.

»Hörst du das?«, fragte ich wieder.

Sie seufzte ungehalten. Heute frage ich mich, ob ihre Stimmungsschwankungen womöglich ein Kollateralschaden des von Senhor Ypsilon verursachten Lärms waren. Wäre es nicht anders, wenn unser Gehör, anstatt die ganze Zeit über für Schallwellen und Vibrationen der übelsten Sorte offen zu sein, wie unsere Augen eine Schutzvorrichtung besäße? Wenn eine dicke Membran unser Hörvermögen entsprechend unseren Wünschen ausschaltete? Zumindest dann, wenn wir schlafen? Wir sind nicht nur, was wir essen, vermutete ich schon seit längerem. Wir sind auch, was wir hören. In der Schule jedenfalls konnte man das bereits feststellen. Was zum Teufel ist da los?, fragten wir uns bei den Lehrerkonferenzen, erschrocken über die Aggressivität der Schüler. Die jungen Kerle lachten uns frech ins Gesicht. Beleidigten uns. Und wenn sie sich eine Waffe besorgen konnten, brachten sie uns sogar um. Wir lebten in Angst und Schrecken. Wandten ihnen nicht den Rücken zu, wenn wir zur Tafel gingen. Die Gefahr eines Angriffs war allgegenwärtig. Durchfallen lassen, niemals. Bei null Punkten hagelte es Drohungen und Belästigungen. Wenn bei Schulschluss das Klingelzeichen ertönte, verließ der Lehrkörper furchtsam in geschlossener Schar das Schulgebäude und blickte sich nach allen Seiten um, aus Angst vor einem Hinterhalt an der nächsten Ecke. Es würde mich nicht überraschen, wenn uns irgendeine nordamerikanische Studie eröffnete, dass das große Problem unserer Schüler der Hip Hop ist, hatte ich einmal gesagt. Der Favela-Funk. Geräusche können Bakterien töten, das ist bewiesen. Was mochte wohl dieser musikalische Müll und der höllische Lärm der Städte mit unserer Empathiefähigkeit anstellen?

War es nicht möglich, dass Marta von dem Bum, Bäng, Boff, Krach und Klong des Senhor Ypsilon ebenso verstört war wie ich? Ich kann nur sagen, dass ich meine Frau zu jener Zeit bereits nicht mehr verstand. Ihr erratisches Verhalten verwirrte mich. Gab sie mir am einen Tag Recht, war am nächsten Tag ich an allem schuld. Mal verstand sie mich, mal hasste sie mich. »Du meckerst zu viel«, sagte sie an diesem Morgen zu mir. Sie erhob sich vom Tisch, nahm ihre Tasse und ihren Teller und erklärte, ich altere »auf eine grässliche Art und Weise«.

Ich war so besonnen, nicht zu antworten, ich wusste, sie würde explodieren. Der Wutanfall kam dann auch Sekunden später, als Marta vor dem Schaden an der Küchendecke stand. Ich ließ sie schreien und sich austoben. Bis sie nur noch knisterte wie Salz, das man ins Feuer wirft.

Mit dem restlichen schmutzigen Geschirr ging ich zu ihr hin. Marta betrachtete den völlig zerlöcherten Stuck, sie bebte vor Zorn.

»Jetzt reicht's.« Ich glaube, das waren ihre Worte.
»Ich bringe das wieder in Ordnung«, versicherte ich.
»Du?«, fragte sie in höhnischem Ton.
»Wir stehen unmittelbar vor einem neuen Streik. Dann habe ich mehr Zeit als genug.«
»Du kriegst doch überhaupt nichts in Ordnung gebracht«, erwiderte Marta, bevor sie mich in der Küche stehen ließ.

Es wunderte mich nicht, als sie mir später mitteilte, sie werde an diesem Samstag außerplanmäßig einen Bereitschaftsdienst für eine Freundin übernehmen. Die Vorstellung, alleine zu sein, gefiel mir, und ich schöpfte mit keinem Gedanken Verdacht, dass sich da bereits etwas zusammenbraute.

Nachdem ich ihre Kittel gewaschen und die Wohnung aufgeräumt hatte, nahm ich mir am Nachmittag einen Stapel Klassenarbeiten vor und setzte mich mit einem Glas Bier zum Korrigieren ins Wohnzimmer.

Es roch angenehm nach einer Mischung aus Sauberkeit und dem Duft der Mango- und Guavenfrüchte, die ich in der Obstschale arrangiert hatte, und mit einem wohligen Gefühl streckte ich erst einmal die Beine auf dem Sofa zu einem Mittagsschläfchen aus. Als endlich Stille einkehrte und die häuslichen Geräusche überdeckte, fühlte ich mich wie unter der Wirkung einer machtvollen Droge. Aber es war nur die Stille. Mehr nicht. Und es war noch nicht einmal eine vollkommene Stille, denn das wäre die Vollendung des Glücks gewesen, und das Glück existiert nicht als Ganzheit, sondern nur in Teilen, so wie alle industriellen Erfindungen.

Ich schlief so tief und fest wie schon lange nicht mehr und hatte angenehme Träume. Am frühen Abend wurde ich von einer Art Musik geweckt, die uns nicht nur über die Ohren, sondern durch alle unsere Öffnungen erreicht und uns die Sinne verstopft wie das Vogelgrippevirus.

In der nächsten Minute stand ich auch schon oben und drückte auf den Klingelknopf von Senhor Ypsilon. Er öffnete selbst die Tür. Mit seinem blassen, unrasierten Gesicht, den kleinen Äuglein und den kurzen Beinen erinnerte er an ein Stachelschwein. Ich gebe zu, ich war unverschämt. Übergriffig. Bestand darauf, hereinzukommen. Selbst nachdem er die Anlage ausgestellt hatte, wummerte die teuflische Musik in meinem Kopf weiter.

»Niemand sonst im Haus beschwert sich«, sagte er, als ich ihm das Problem erneut darlegte. Ich zählte nochmals die Tag- und die Nachtgeräusche auf. Beschrieb neuerlich das Möbelrücken, das Getrappel am Tag, das Rauschen der Klospülung und das Beischlafgewinsel.

Seine Augen glänzten ironisch. »Worum Sie mich bitten«, sagte er leise mit einer graziösen Bewegung, so als hätte er dort ein Publikum für seinen Zirkus, »was Sie wollen, ist, dass es mich nicht gibt. Leben ist laut«, sagte er und vollführte auf Zehenspitzen drei Schritte wie ein Hase auf der Hut. Er machte sich über mich lustig. »Was Sie als Lärm bezeichnen«, sagte er, »das bin ich, ein lebender Mensch. Ich kann nicht auf ›stumm‹ geschaltet, im Flüsterton, in Hausschuhen leben«, fuhr er fort wie ein Possenreißer, um am Ende ein raues Gelächter in mein Gesicht abzufeuern.

Ich bin nicht der Typ, der Streit sucht. Ich vermerke alles in meinem geistigen Notizheft. Dort führe ich meine schwarze Buchhaltung. Mangelnde Zuneigung, Grobheiten, versagte Gefallen oder abgeschlagene Bitten, all das wird sorgfältig registriert. Die Quittung kommt am Tag X. Für diesen eine Lektion in Moral. Für jenen eine doppelte Portion Ironie. Alle, die austeilen, bekommen ihr Fett weg. So verfahre ich. Das hier aber ging zu weit. Es reichte, dass er sein debiles Lachen von sich gab, damit ich ihn postwendend an den Schultern packte und schubste. Nicht minder impulsiv warf er mich mit einem Stoß gegen die Brust aus der Wohnung. »Soziopath«, sagte er und schlug mir die Tür vor der Nase zu.

»Du Hund«, erwiderte ich vom Flur aus und spürte, wie sich vor mir, einem endlosen, majestätischen Ozean gleich, der Hass auftat.

3

Es dauerte noch fast eine Woche, bis unser Krieg ausbrach. Senhor Ypsilon erfüllte seinen Part sattsam: Er stampfte, dröhnte, keuchte und klapperte Tag und Nacht. Mit Inbrunst. Was mich anging, so muss ich sagen, dass ich meinen Hass hegte und pflegte wie einen Rosenstrauch, mit schwarzer Galle anstelle von Dünger. Zugegeben, fremde Kräfte haben zu meiner Tragödie beigetragen. Ich will hier nichts vorwegnehmen, doch wenn diese Episode mich etwas gelehrt hat, dann dass der Mensch nur in der Tatenlosigkeit frei ist. Seither ist mir stets bewusst, dass die Griechen zwar heute ziemlich am Ende sein mögen, aber in Bezug auf das Schicksal goldrichtig lagen. Jetzt weiß ich, dass das einzige Fitzelchen freien Willens, über das wir Sterbliche verfügen, in der Entscheidung liegt, einen Prozess in Gang zu setzen. Wir haben tatsächlich nur zwei Wahlmöglichkeiten, mehr nicht. Wir können den Apfel essen. Oder untätig bleiben wie die Steine. Freier Wille ist nicht mehr als das: Apfel oder Stein. Wir können Steine auf dem Feld sein. Nichts erschaffen, wie Epikur lehrt, keine Geschäfte machen. Doch wenn wir eine Handlung in Gang setzen, wenn wir wie Eva den ersten Bissen tun, sind wir nicht länger Herr über unser Leben. Andere Kräfte übernehmen dann das Zepter, und die Bezeichnung dafür lautet Schicksal.

Es war eine schwierige Nacht, in der ich beschloss, den ersten Torpedo abzuschießen. Die Luft war feucht, Hitze verzehrte die Stadt. Ich kam von einem aufreibenden Tag in der Schule, an dem ich mit meinen Schülern eine bis dahin nie dagewesene Schmach erlebt hatte. Für die Geschichte von Bedeutung ist auch das: Erde, Mars und andere Planeten waren durch auf Fleischspießen befestigte Styroporkugeln dargestellt, die ich rings um das Pult bewegte, auf dem eine fest installierte Laterne leuchtete, die die Sonne symbolisierte. So erklärte ich die Rotation der Erde und ihre Umlaufbahn, als ein Mädchen in der ersten Reihe aufstand und erklärte, in der Kirche habe sie etwas anderes gelernt.

»Es ist die Sonne, die sich bewegt«, behauptete sie.

»Was genau steht in der Bibel?«, fragte ich.

Das Mädchen mit glattgezogenem und im Nacken zusammengebundenem, wie ein Hanfbüschel herunterhängendem Haar hob zu einer zusammenhanglosen Darstellung von Josuas Streit mit dem feindlichen Volk im Lande Kanaan aus dem Buch Josua an. Ich kannte mich in der Bibel nicht aus. Wusste nicht, wer Josua war. Und noch viel weniger wusste ich, wer Josuas Feinde waren. Und genau deshalb stellte ich der Schülerin nunmehr Fragen, auf die sie keine Antwort wusste. Da stand ein anderer evangelikaler Schüler auf, behauptete, ich würde mich über Gott lustig machen und verließ das Klassenzimmer. Ihm folgten nicht nur die übrigen Evangelikalen, sondern die gesamte Schülerherde, die sich nicht die Bohne für meinen Unterricht interessierte.

Ich blieb wie betäubt alleine im Raum zurück. Es war nicht das erste Mal, dass ich mich mit derartigen Vorkommnissen herumschlagen musste. Im Abendunterricht hatte ich bereits große Schwierigkeiten gehabt, die Evolutionstheorie zu vermitteln. Doch erst in diesem Moment begriff ich, was in naher Zukunft passieren würde.

Ich rannte zur Schulleitung und schilderte den Vorfall.

»Ich sehe den Lehrerberuf wirklich in Gefahr«, sagte ich.

»Wir haben weder Wasser noch Papier«, erklärte Carmen, die Direktorin, und ließ mich gleich darauf alleine in ihrem Büro stehen.

Ich war doppelt sprachlos. Für mich war schon jetzt abzusehen, dass wir vielleicht in wenigen Jahren in der Schule keine Evolutionsbiologie mehr würden unterrichten können. Darwins Tage in der Oberschule waren gezählt. Und jetzt zeigte sich ebenfalls deutlich, dass das nicht die geringste Bedeutung hatte. Zum Teufel mit Darwin, dachte ich. Was nützte einem schon Darwin, wenn es in den Schulen kein Papier und kein Wasser mehr gab?

Bevor ich ging, nahm ich aus unserer Bibliothek ein Exemplar der Bibel mit.

Während ich später zu Hause auf Marta wartete, beschloss ich, das Buch Josua zu lesen. Als ich hinunter in die Garage ging, um das Buch zu holen, das ich auf der Wagenrückbank vergessen hatte, bemerkte ich einen langen Kratzer im Blech neben der Tür, direkt oberhalb der Tanköffnung. Er konnte gerade erst verursacht worden sein. Wenn unser Haus Überwachungskameras hätte, wäre ich vielleicht vorsichtiger zu Werk gegangen, aber mein Schicksal sollte ein anderes sein. Ohne Kameras fühlte ich mich so frei, den blauen Chevrolet des Herrn Ypsilon mit meinem Schlüsselbund von vorne bis hinten zu zerkratzen.

Von da an geschah alles sehr schnell. Es war eine stille Schlacht, keiner von uns schlug auf die Pauke, in diesem Stadium des Konflikts dachte keiner von uns an Gerechtigkeit.

Zu Beginn der Woche, in der der Streik in meiner Schule losging, ließ er aus einem meiner Hinterreifen die Luft heraus, und ich pinkelte auf die Zeitung, die er abonniert hatte. Sein Gegenangriff bestand in einer Party am Samstag. Am Sonntag schlug ich ihm einen Nagel in sein Türschloss, woraufhin er gezwungen war, mitten in der Nacht einen Schlüsseldienst kommen zu lassen.

Am Mittwoch wunderte ich mich zwar, als Gala nicht nach Hause kam, aber dass wir womöglich in der Phase der Auslöschung lebender Wesen angekommen waren, zog ich mit keinem Gedanken in Betracht. Alle im Haus kannten unsere Katze. Sie betrat und verließ die Wohnung für gewöhnlich über ein Kippfenster im Arbeitsbereich der Küche, um sich im Innenhof neben der Garage zu sonnen.

Um kurz vor neun gingen Marta und ich los und machten uns in der Wohnanlage auf die Suche nach ihr, wir dachten, dass sie vielleicht irgendwo eingeklemmt sein könnte.

Wir hatten das Gebäude einmal außen umrundet und standen schon an der Pförtnerloge und unterhielten uns mit Francisco, als Senhor Ypsilon, eng umschlungen mit seiner ziemlich gewöhnlichen, asiatisch aussehenden Stewardess in ihren Klappklappklapp Klapperlatschen, die mir schon die ganze Woche über in den Ohren herumgeflattert waren, an uns vorüberging. »Ich habe deine Katze getötet«, sagte er zu mir, wortlos, nur mit den Augen. Mir lief es kalt den Rücken herunter. Als ich schon mit Schrecken Galas irgendwo im Viertel in einen Gully geworfenen, wehrlosen kleinen Leib vor mir sah, wurde mir endlich die Spirale klar, in die unser Konflikt geraten war. Das würde nicht aufhören. Und zwar deshalb nicht, weil Senhor Ypsilon nicht aufhören könnte. Weil ich nicht imstande wäre, aufzuhören. Weil wir andere

Kräfte in Gang gesetzt hatten, Kräfte, die uns von nun an versklavten.

Zu Hause in der Küche äußerte ich, während wir die Linsensuppe warm machten, die Marta aus dem Eisfach geholt hatte, meinen Verdacht. Sie blickte mich ungläubig an. »Warum sollte jemand das tun?«, fragte sie, indem sie weiter im Topf rührte.

»Aus Wut«, erwiderte ich.

»Aber Gala hat niemandem etwas getan.«

»Wenn du ein konkretes Motiv hören willst, dann kann ich es dir nennen: die Besenschläge.«

Marta wusste nichts von dem jüngsten Austausch von Haubitzen und Granaten zwischen mir und Senhor Ypsilon. Ich war auch durchaus bemüht, sie darüber im Unklaren zu lassen.

»Gala hat sich vielleicht verlaufen, und jemand aus der Nachbarschaft hat sie mit nach Hause genommen«, sagte sie.

»Er war es«, beharrte ich.

»Gala ist doch schon öfter verschwunden.«

»Sie ist ermordet worden«, rief ich gereizt.

Ich hatte nicht die Absicht, sie zum Weinen zu bringen. Sie sollte nur begreifen, dass die Menschen keinen handfesten und plausiblen Grund brauchen, um Grausamkeiten zu begehen.

»Mangelndes Einfühlungsvermögen reicht«, sagte ich. Gleichgültigkeit reicht.

Helena kam rechtzeitig, um mit uns zu Abend zu essen und von dem Problem zu erfahren. Helena war zwar nicht meine Tochter, aber seit ihrem sechsten Lebensjahr, als ich Marta geheiratet hatte, war ich für sie ihr Vater. Während wir die Suppe aßen, war sie bemüht, alles, was sie in der jüngeren Vergangenheit gesagt hatte, zu bestreiten. Weniger als zwei Monate zuvor hatte sie mir versichert, es habe keinen Zweck, einen Immobilienfachanwalt einzuschalten.

»Unsere Justiz ist in Bezug auf akustischen Stress nicht nur fahrlässig«, hatte sie erklärt. »Sie ist auch teuer und langsam. Du wirst Geld ausgeben, wirst dich stressen, wirst acht Jahre warten und weiterhin genau die gleichen Probleme haben.«

Sie hatte gesagt, Musik in voller Lautstärke zu hören, beim Sex zu schreien, Wände und Fußböden mit dem Hammer zu bearbeiten, keine der nervtötenden Angewohnheiten unserer Nachbarn sei ein Verbrechen.

»Vergiss das Gesetz«, hatte sie gesagt. »Das Problem in Brasilien ist, dass wir niemanden aus seiner Wohnung hinauswerfen können, was ein Fehler ist. In Uruguay zum Beispiel ist das anders. Jemand verhält sich unsozial? Raus mit ihm. In den Vereinigten Staaten ist es noch besser. Dort kannst du jemandem verbieten, eine Wohnung in deinem Haus zu kaufen. Erinnerst du dich noch an Nixon? Als er in ein bestimmtes Gebäude in Manhattan ziehen wollte, bekam er ein glattes Nein zu hören. Keiner der dortigen Bewohner hatte Interesse an Watergate und Reportern auf dem Bürgersteig vor dem Haus. Hier ist es anders. Hier musst du Streit um jeden Preis vermeiden.«

Jetzt behauptete Helena das Gegenteil. Mehr noch, sie räumte ein, das Problem verniedlicht zu haben. Wir seien an einem heiklen Punkt angelangt. Und ja, wir müssten einen Rechtsanwalt einschalten, der sich der Sache annähme. Sie kenne einen sehr qualifizierten Profi. Ich möge bitte keinerlei Maßnahmen ergreifen. Ich solle schwören, dass ich nichts unternehmen würde.

Ich hörte mir alles schweigend an und versuchte, mich zu beruhigen.

Später, während ich mir im Fernsehen ansah, wie die streikenden Lehrer im Konflikt mit der Polizei von Gummigeschossen getroffen wurden, bastelten und druckten Marta und Helena am Computer Dutzende Vermisstenanzeigen von Gala. Es war klar, dass keine der beiden meine Version geglaubt hatte. Das ganze Anwaltsgerede hatte mich nur ruhigstellen sollen.

Als Marta mit ihrer Tochter die Wohnung verließ, um die Plakate im Viertel zu verteilen, hatte sie blutunterlaufene Augen und ihre Nasenspitze sah aus wie die eines Clowns. Sie würde die ganze Nacht über weinen, wenn sie nicht ihr Schlafmittel nähme.

Was mich betraf, so hatte ich nur eines im Kopf: Rache.

4

»Katze verschwunden. Sie heißt Gala, hat schwarz-braun-weißgeflecktes Fell, ist alt und benötigt besondere Pflege. Hinweise unter der Telefonnummer 995678787. Belohnung garantiert.«

Die Trauer versetzte mir einen Stich, als ich das Bild unserer Katze auf dem Plakat erblickte, das Marta an die Pförtnerloge unseres Hauses geklebt hatte. Ich wartete auf Francisco, der in seine Wohnung neben der Garage gegangen war, um die Telefonnummer eines befreundeten Maurers zu holen, der die Decke in unserer Küche reparieren sollte. Da fiel mein Blick auf das improvisierte Schild an einem Schlüsselbund im Kasten neben dem Plakat, auf dem zu lesen stand: Ygor Silva – Apartment 605. Ich konnte die Gelegenheit, die sich mir bot, kaum fassen. Ohne zu zögern, steckte ich das Schlüsselbund ein.

Als Francisco mit der Telefonnummer des Maurers wiederkam, war ich so aufgeregt, dass ich nur mit halbem Ohr hinhörte, was er mir sagte. Ich wimmelte ihn rasch ab und lief zum Schlüsseldienst an der Ecke, um mir einen Nachschlüssel für Senhor Ypsilons Wohnung anfertigen zu lassen.

Obgleich ich für die Versammlung des Streikkomitees schon spät dran war, ging ich vorsichtshalber noch einmal zurück nach Hause. Ich betrat das Gebäude durch die Garage und rief über die Gegensprechanlage bei Francisco an.

»Hier ist so ein merkwürdiger Qualm«, sagte ich.

Während er herunterkam, ging ich hoch in die Eingangshalle und hängte das Schlüsselbund wieder an seinen Platz, ohne dass irgendjemand Zeuge meiner kleinen Übertretung geworden wäre.

Minuten später war ich auch schon bei der Lehrerversammlung. Normalerweise fanden unsere Treffen in der Sporthalle statt, deren Dach mit Asbestplatten gedeckt war, auf die während der häufigen Sommerstürme der Regen donnerte, wodurch das Stimmengewirr regelmäßig zu einem akustischen Inferno verstärkt wurde. Ich fühlte mich wie betäubt von dem Lärm, zumal er bei dem Treffen an diesem Tag den Rhythmus eines Pingpongspiels aus Schall zu haben schien. Einige Lehrer sagten etwas, und sogleich hielten andere dagegen. Die einen auf der Tribüne, die anderen auf dem Spielfeld. Die einen riefen Parolen, die anderen sekundierten. Von einer öffentlichen Anhörung im Parlament war die Rede. Von der Notwendigkeit, den Schülern die Halbjahresnoten vorzuenthalten, um auf diese Weise die Regierung unter Druck zu setzen. Die Gewerkschaft forderte eine Lohnerhöhung von fünfundsiebzig Prozent. Ich konnte der Diskussion nicht folgen. Mein ganzes Interesse konzentrierte sich auf meine Fingerspitzen, die in der Hosentasche die Zacken der soeben nachgemachten Schlüssel befühlten.

Mit diesen Schlüsseln, ich gebe es ehrlich zu, stieg ich in ungeahnte Höhen hinauf, höher als die Asbestplatten, höher als die Wolken. Mit ihnen würde ich die Geheimnisse von Senhor Ypsilon ergründen können. Seine Schwächen. Seine Sünden. Seine Steuerhinterziehungen. Seine obskuren Begierden. Und natürlich könnte ich herausfinden, was er mit meiner Katze gemacht hatte. Wer weiß, ob Gala nicht zerteilt in seinem Kühlschrank lag? Oder ob er sie nicht in einem Käfig gefangen hielt? Ich könnte sie retten und Martas Leiden ein

Ende bereiten. Und ich könnte noch sehr viel mehr. Ich könnte Senhor Ypsilon umbringen. Zuvor würde ich allerdings mit seinem Gesicht den Boden frottieren, bis es ihm die Nase herausreißen würde. Ich würde ihm die Zähne einschlagen. Ihm die Finger brechen. Erst dann würde ich den Rest erledigen. Ihm die Kehle durchschneiden. Oder ihn mit einer Plastiktüte ersticken.

Damit begann ich, den Mord an Senhor Ypsilon zu entwerfen. So weit, mir den logistischen Teil des Verbrechens vorzustellen, ging ich natürlich nicht, es war einfach nur ein Tagtraum, wie wenn man den Fernseher anstellt und sich einen guten Krimi anschaut, und das befriedigte mich zutiefst. Heute scheue ich mich nicht im Geringsten, meine Mordgelüste zuzugeben. Es zeugt von Ignoranz, diese Art von Lust für pathologisch zu halten. Und die Unschuldslämmer, die nachts ihren gleichmütigen Kopf auf das Kissen betten und den Schlaf der Gerechten schlafen, täuschen sich, wenn sie meinen, jemand, der hasst, sei unglücklich. Tatsächlich ist Hass ein Zeitvertreib wie jeder andere. Und angesichts eines gewöhnlichen Lebens ohne Höhepunkte gewährleistet uns ein wohlgenährter Hass zumindest große Gefühle. Ich für meinen Teil finde, hassen ist besser, als gar nichts zu empfinden.

»Komm doch mit«, sagten die Lehrerinnen an diesem Tag, als die Versammlung zu Ende war. Sie wollten, dass ich mich dem Komitee anschlösse, um die Plakate für die Demonstrationen zu malen, aber ich fühlte mich viel zu mächtig, um mit verbrauchten Buntstiften aus der Vorschule *Lehrer ohne Räume – Schule ohne Zukunft* oder *Geld für Bildung statt für Korruption* auf von zu Hause mitgebrachte Pappschilder zu kratzen. Ich hatte keine Lust mehr, mich im Sumpf der Routine zu suhlen. Die Vorstellung, einen heimlichen Blick zu riskieren und abzuwarten, kam mir dagegen verführerisch vor.

Ich kehrte früh zurück nach Hause und horchte auf die Geräusche von Senhor Ypsilon.

Marta hatte an diesem Abend Bereitschaftsdienst. Nachdem ich geduscht hatte, machte ich mir eine Kleinigkeit zu essen, zog den Pyjama an und legte mich ins Bett. Das unablässige dumpfe Summen des Kühlschranks verschwamm mit meinem Atem. Der Mann oben kopulierte. Die Klapperlatschen seiner Flamme peitschten klappklappklapp durch die Nacht. Und der Schlüssel war nach wie vor in meiner Tasche. Er glitzerte in der Dunkelheit wie ein Versprechen auf das Leben.

Die folgenden Tage vergingen schleppend, krachend und mit langem Warten. Senhor Ypsilon schien nichts in den Händen behalten zu können, im Stockwerk über mir purzelte es pausenlos, boing, bong, bäng, ständig fielen Dinge zu Boden, krach, dong zerbrachen, flogen gegen die Wände, päng, pang, zong. Am Donnerstag aber, als ich gerade meinen Recyclingmüll in die Container vor der Garage verteilte, hörte ich, wie mein Feind Francisco bat, in der nächsten Woche die Post für ihn aufzubewahren, da er am Nachmittag nach Santa Catarina verreisen würde.

Von zu Hause aus verfolgte ich das Geräusch seiner Schritte. Bumm, schlug die Tür zu, krickkrick, drehte sich der Schlüssel im Schloss. Als ich schließlich vom Wohnzimmerfenster aus sah, wie sich Senhor Ypsilon mit einem kleinen Handkoffer in Richtung des Taxistands an der Ecke begab, stieg ich hinauf zu seiner Wohnung, öffnete die Tür und trat ein.

5

Es ist merkwürdig, in die Wohnung von jemandem einzudringen, der vermeintlich Macht über uns hat. Die unverhoffte Verletzlichkeit des Senhor Ypsilon war mir auf der Stelle klar. Und mein unendlicher Vorteil ihm gegenüber. War ich im Stockwerk darunter sein Opfer, so gewann ich dort oben die Hoheitsgewalt. Als ich durch die Wohnung ging, spürte ich die magnetische Anziehungskraft dieser Macht. Mit jedem Schritt wurde ich mehr zum König. Zum absoluten Herrscher. Zum Despoten. Ganz versessen darauf, bewaffnet mit einem stumpfen oder spitzen Gegenstand, vielleicht einem Hammer, in aller Ruhe hinter der Tür auf meinen Nachbarn zu warten, um ihn mit einem Schlag auf den Kopf zu überrumpeln und ihn der Länge nach zu zerspalten, noch ehe er überhaupt um Hilfe rufen konnte.

Ich suchte meine Katze in allen Räumen, rief nach ihr, miezmiezmiez, ohne Hoffnung, miezmiezmiez, bemerkte gleichzeitig, dass Senhor Ypsilons Möbel allesamt neu waren, miezmiezmiez, vielleicht, weil er frisch geschieden war oder eben ein seltsamer Typ, verwöhnt, einer von denen, die erst mit vierzig oder noch viel später bei Mama ausziehen. Warum ärgerte mich das? An der Wand im Schlafzimmer ein Ölgemälde mit dem Bildnis einer riesigen, fast unbehaarten, feuchten Vagina, blutrot und fleischig wie Sashimi. Möglich, dass Senhor Ypsilon das für ein Kunstwerk hielt. Mir kam es wie eine Hassbotschaft an die Frauen vor. Wer, wenn nicht eine misogyne

Ratte, reduziert das weibliche Wesen auf diese schwülstige Vulva? Höchstens ein Perverser. Wenn Senhor Ypsilon in seiner Wohnung an der Wand schon seine kannibalischen Gelüste zur Schau stellte, was mochte sich dann erst auf seinem Computer verbergen?

Beseelt von der plötzlichen Idee, lohnendes Material zu finden, um Senhor Ypsilon zu erpressen und ihn zu zwingen, mir meine Katze zurückzugeben und auf ewig in mönchischer Stille zu leben, beschloss ich, meine Suche im Arbeitszimmer zu beginnen. Die Geheimnisse eines jeden Menschen befinden sich in seinem Computer. Kompromittierende E-Mails. Gläubigerbetrug. Schulgeldhinterziehung. Steuerbetrug. Besuch pädophiler Internetseiten. Pornographische Fotos. Soll ich Sie anzeigen, Senhor Ypsilon? Ich gehe nicht bloß zur Polizei. Ich gehe zu Ihrer Arbeitsstelle. Spreche mit Ihren Familienangehörigen. Mit einem nach dem anderen. Zeige ihnen erbarmungslos Ihre Eingeweide, wie ein Fleischzerleger im Schlachthof. Und dann werde ich die Journalisten füttern, so dass die Presse Ihr Galgen wird. Sagen Sie mir jetzt, wo meine Katze ist? Werden Sie jetzt Ihren Boden mit Teppich auslegen und für den Rest ihrer Tage auf Samtpfoten darüber laufen? Niemand überlebt das gründliche Durchkämmen seines Webverlaufs, sagte ich mir im Stillen.

Das Problem war, dass Senhor Ypsilon ein Passwort eingerichtet hatte, um mir den Zugang zu verwehren. Dafür waren die Schubladen vom Schreibtisch unverschlossen. Und in einer von ihnen fand ich eine Pistole, eine Glock. Da erkannte ich den wahren Charakter meines Feindes. Während meine Wut höchstens ein paar harmlose Mordphantasien produzierte und seinen Schlüssel entwendete, damit ich in seine Wohnung gelangen und mich über die brunftige Möse an seiner Wand lustig machen konnte, hatte die seine in Erwartung meiner Person bereits einen Revolver in der Schublade deponiert. Du bist wegen deiner Katze gekommen? Hier, da hast du deine Katze, peng, peng, peng, mir direkt in die Fresse. Lehrer stirbt bei dem Versuch, in die Wohnung seines Nachbarn einzudringen, würde die Presse schreiben. Es war Notwehr, würde der Mörder behaupten. Mitten in unserem Streik würde der Fall Aufsehen erregen. Wie weit ist es mit den Lehrern bloß gekommen, würde der Schluss der schockierten Gesellschaft lauten. Die Zeitungen würden ausführliche Reportagen veröffentlichen, in denen ich als armer Teufel und weiteres Opfer der korrupten Politiker erscheinen würde. Getöteter Lehrer bekam seit drei Monaten kein Gehalt, würde vielleicht einer der Journalisten schreiben. Er war auf der Suche nach etwas Essbarem. Da sehen Sie, meine Damen und Herren, wie die Regierung unseren Berufsstand proletarisiert, würde die Gewerkschaft geschickt parieren. Umstrittener Prozess. Die gesamte Lehrerschaft würde auf der Treppe des Justizgebäudes Gerechtigkeit fordern. Angeklagter aus Mangel an Beweisen freigesprochen. Würde man daraufhin einen Helden aus mir machen? Hungernder Lehrer stirbt umsonst? Selbst für unschuldig erklärt, würde Senhor Ypsilon nie wieder auf die Straße gehen können, ohne beleidigt zu werden. Der Feind Nummer eins des brasilianischen Bildungswesens, würden manche sagen und mit dem Finger auf ihn zeigen. Lehrermörder wäre sein neuer Beiname. Bei dem Gedanken lachte ich laut auf, während ich das glänzende Metall der Waffe in meiner Hand bewunderte. Ihre anatomische Wirkungskraft entzückte mich. Es ist nicht verwunderlich, dass man bei uns so häufig zum Mörder wird, dachte ich.

Und so leicht. Mit einer Waffe wie dieser ist man hierzulande bereits mit zwölf Jahren in der Lage, Überfälle zu begehen und zu töten. Nichts einfacher, als den Abzug zu drücken. Man denkt gar nicht nach und peng, schon hat man getötet. Das Nachdenken kommt erst hinterher. Über die Leiche, die daliegt. Und auf diese Weise ruiniert man sich sein Leben, resümierte ich, und steckte den Revolver in die Hosentasche.

Im Schlafzimmerschrank überprüfte ich Senhor Ypsilons Schuhe und stellte fest, dass ich mich nicht getäuscht hatte. Gleich nach seinem Einzug hatte ich angesichts seines Ganges bereits vermutet, dass er kein Lehrer sein konnte. Ich hatte das sogar Marta gegenüber erwähnt. Wir Lehrer, hatte ich zu ihr gesagt, tragen Espadrilles oder gewöhnliche Mokassins mit Plastiksohlen, die so leicht sind, dass sie nicht einmal eine Kakerlake stören würden. Ich zog ein Paar von seinen Stiefeln an. Sie waren ebenso grob wie schwer. Spitze. Hacke. Sie schlackerten an meinen kleinen Füßen. Tack tacktack. Spitze. Hacke. Das waren echte Schuhe. Mit Holzsohlen. Mit ihnen an den Füßen würde ich sogar auf dem Asphalt tack tacktack machen.

Ich steppte durch den Flur und befand, dass es wirklich nur sein Wunsch war, mich zu schikanieren, der Senhor Ypsilon daran hinderte, einen Teppichläufer auf den Boden zu legen.

Nachdem ich in aller Ruhe gepinkelt hatte, inspizierte ich den Badezimmerschrank. Antinagelpilzlack. Antitranspirant. Antidepressivum. Antischuppenshampoo. Antibakterielle Mundspülung. Ich weiß nicht genau, wonach ich suchte, aber ich schraubte Fläschchen und Flakons auf, schnupperte, betastete, und just in dem Moment hörte ich, wie im Schloss der Wohnungstür der Schlüssel herumgedreht wurde.

Ich hatte gerade noch Zeit genug, mich im Winkel zwischen

Badezimmertür und Wand zu verstecken. Dank eines Morgenmantels, der dort hing, war meine Gestalt nicht vollständig in dem Spiegel zu erkennen, über den ich in den Flur blicken konnte. Wer mochte der Eindringling sein? Oder war es Senhor Ypsilon, der zurückkehrte?

Mein Herz fing an zu rasen. Ich hielt den Atem an und erbrach mich auf meine Füße.

6

Eine verschwörerische Stille lag in der Luft. Angewidert vom galligen Geruch meines Erbrochenen, verharrte ich reglos hinter der Tür. Die Bewegungen von Senhor Ypsilon aufmerksam verfolgend, zog ich den Revolver aus der Tasche und sagte mir dabei im Stillen, dass es sich lediglich um eine Vorsichtsmaßnahme handele. Das war naiv von mir. Heute weiß ich, dass eine Waffe in unserer Hand ein Eigenleben entwickelt. Ihre Form oder was auch immer an ihr weckt in uns eine rasende, nicht zu bremsende Aggressivität. Als Soldat oder Terrorist, als Polizist oder friedliebender Nachbar – bewaffnet sind wir allesamt wandelnde Bomben. Schlimmer noch: Wir sind der fehlerhafte Teil, das technische Problem des Revolvers in unserer Hand. Ich betete, mein Nachbar möge nur rasch etwas holen, das er vergessen hatte, die Wohnung gleich wieder verlassen und mich so davon entbinden, ihn mit Kugeln zu durchsieben. Warum aber die völlige Abwesenheit von Lärm, wo er doch ein so lauter Gesell war? Oder war der Eindringling womöglich jemand ganz anderes? Hatte Senhor Ypsilon meinen Schlüssel in der Tür bemerkt und die Polizei gerufen? Ich malte mir aus, wie wir beide vor dem Kommissar aussagten. Ich bin nicht in die Wohnung eingedrungen, ich war eingeladen, würde ich behaupten. Ich habe geklingelt. Das ist eine Lüge, würde er erwidern. Es stünde sein Wort gegen meines. Ich sah mich schon aus meinem Schützengraben schnellen und um mich feuernd und schreiend die Stille durchbrechen, um mich anschließend zusammen mit der Wohnung und dem gesamten Gebäude in die Luft zu jagen.

Senhor Ypsilon sah ich erst im Spiegel, als er mich mithilfe der Badezimmertür gegen die Wand schmetterte. Eingequetscht sank ich zu Boden und spürte im Fallen, noch ehe ich ihm die Matte unter den Füßen wegziehen konnte, wie meine Hand sich um die Waffe schloss. Der Knall des Schusses, der ihn ins Knie traf, kam mir weniger laut vor als das Geräusch seines Kopfes beim Aufschlagen auf den Badewannenrand, ein trockenes, organisches Geräusch, wie vom Zerbrechen eines widerstandsfähigen Zweiges im Sturm.

Mit dem Finger noch am Abzug stand ich wie betäubt auf. Es erschien mir fast unmöglich, mein Werk nicht zu Ende zu bringen, ich spürte, wie der Revolver in meiner Gewalt glänzte, er kam mir fast schon selbstverständlich vor, so vollkommen und kompakt, so organisch und effizient wie eine natürliche Verlängerung meiner Hand. Erschrocken über seine bösartige Macht, legte ich ihn auf dem Boden ab. Senhor Ypsilon lag noch immer reglos zwischen Badewanne und Waschbecken, die erstarrten Augen fixierten mich, als wollten sie aus den Höhlen springen.

»Das habe ich nicht gewollt«, sagte ich mit einem Blick auf die Wunde an seinem Bein.

Keine Antwort.

»Ich bin auf der Suche nach meiner Katze«, erklärte ich. »Das hier ist Ihre Waffe.«

Nichts. Er reagierte einfach nicht, als stünde er unter Schock. In einem dünnen Rinnsal begann das Blut aus seinem einen Ohr zu fließen. Da bemerkte ich, dass sein Schädel an der linken Seite leicht eingedrückt war. Ich hockte mich neben ihn und fühlte seinen Puls. Nichts, kein Lebenszeichen. In dem

Moment war mir, als würde gleich mir selbst das Herz stehen bleiben. Ich hatte gar nicht mit Absicht den Abzug gedrückt, und jetzt hatte ich die Bescherung.

Benommen lief ich in der Wohnung umher, stolperte am Eingang über seinen Koffer, ließ mich im Wohnzimmer aufs Sofa fallen und versuchte, meine Gedanken zu ordnen. Praktisch gesehen bin ich ein Mörder, überlegte ich und blickte auf meine vom Erbrochenen verschmierten Schuhe. Natürlich würde es sofort jemand erfahren. Vielleicht war Senhor Ypsilon auf dem Weg zu einem Treffen mit seiner Freundin. Wenn nicht ihr sein Ausbleiben auffiele, dann dem Hausmeister. Oder der Putzfrau. Schlimmer noch: In zwei oder drei Tagen würde die Leiche einen strengen Geruch verströmen und die Aufmerksamkeit der Nachbarn erregen. Man würde die Tür aufbrechen und ihn im Bad finden. Wer würde meiner Version Glauben schenken? Wie sollte ich mein Eindringen erklären? Wie den Schuss?

Beim Klingeln des Handys geriet ich in Panik. Marta, dachte ich und wollte schon hastig die Wohnung verlassen, aber als ich auf mein Telefon schaute, stellte ich fest, dass gar kein Anruf eingegangen war.

Ich rannte ins Bad. Die Blutlache hatte sich bis zum Waschbecken und rings um die Toilette ausgebreitet. Als ich zu Senhor Ypsilons Leiche trat, um das klingelnde Telefon aus seiner Jackentasche zu holen, besudelte ich mir den Hosensaum und die Ärmel meines Hemdes mit Blut.

Einen Moment lang war ich wie gelähmt und wusste nicht, was ich mit dem vibrierenden Telefon von Senhor Ypsilon in meinen Händen machen sollte. Die Person am anderen Ende der Leitung gab es irgendwann auf, schickte jedoch gleich darauf eine Textnachricht. Cláudia war ihr Name. »Um wieviel Uhr kommst du an?«

Und dann, als ich schon dachte, ich würde in Ohnmacht fallen, überkam mich eine eigentümliche Ruhe, so als löste sich plötzlich irgendetwas von mir und bildete ein anderes, zwar ebenfalls zu mir gehöriges, aber fleischfressenderes, wilderes, blutigeres und gemeineres Bewusstsein, das aus mir einen Spitzenprädator machte. »Antworte: Ich weiß es nicht«, befahl der Barbar in mir, und ich gehorchte artig.

»Ich weiß es nicht«, tippte ich rasch.

Eine neue Nachricht erschien auf dem Display: »Wann geht dein Flug?«

»Antworte, dass es ein Problem gibt und dass du die Reise absagen musstest. Sag, dass du dich meldest, sobald du kannst, und dann schalte das Telefon aus.«

Das tat ich. Wer mochte Cláudia sein? Seine Freundin? Eine Arbeitskollegin?

Ehe ich nach Wischlappen und Reinigungsmitteln suchte, zog ich mich aus, warf meine Kleidung in die Badewanne und stellte das Wasser an.

Beim Säubern meiner Schuhe im Arbeitsbereich der Küche kam mir plötzlich der Gedanke, ich könnte mich getäuscht haben und Senhor Ypsilon lebte vielleicht noch. Nackt bis auf die nassen Socken ging ich zurück ins Bad. Die Badewanne war übergelaufen. Jetzt war das Blut überall.

»Erstens, dreh den Wasserhahn zu. Zweitens, kontrollier den Puls des Mannes.« Brav befolgte ich meine Anweisungen.

Im Schrank fand ich Handtücher und legte sie auf dem Fußboden aus.

Nachdem ich gewischt hatte, entkleidete ich Senhor Ypsilon, rieb ihn ab und rollte ihn in ein trockenes Laken ein. Ich überlegte, ob ich ihn unter dem Bett verstauen sollte, bis sich eine Lösung für seine endgültige Entsorgung gefunden hätte, doch dort konnte die Putzfrau ihn leicht entdecken. Besser war es, eine Check-Liste anzulegen. Im Arbeitszimmer nahm ich mir ein Blatt Papier und notierte:

- Herausfinden, wer Cláudia ist.
- Herausfinden, wann die Putzfrau kommt.

Ich ließ die Liste auf dem Schreibtisch liegen und suchte weiter nach einem Ablageort für Senhor Ypsilons Leiche. Der Schrank im Flur erschien mir perfekt geeignet. Ich musste ihn nur leerräumen und einige Regalbretter entfernen. Senhor Ypsilon passte bequem hinein, und da noch genug Platz war, stellte ich den von ihm an der Eingangstür zurückgelassenen Koffer zusammen mit der Waffe dazu. Dann schloss ich die Tür ab und legte den Schlüssel zu unseren Handys auf die Anrichte im Flur.

Anschließend machte ich mich an die Reinigung des Badezimmers. Die Fugen zwischen den Fliesen schrubbte ich mit Senhor Ypsilons Zahnbürste und notierte dann auf meiner Liste:

– Weinsteinsäure kaufen.

Meine durchnässte Kleidung warf ich zusammen mit der von Senhor Ypsilon, den Lappen und den zum Saubermachen benutzten Handtüchern samt reichlich Waschpulver in die Maschine. Es war nicht ganz einfach, das Waschprogramm in Gang zu bringen, die Maschine war moderner und neuer als unsere, aber ein entschlossener Mann kennt keine Hindernisse. Dann bürstete und trocknete ich noch sorgfältig meine Schuhe und fügte auf der To-do-Liste hinzu:

Wäsche aus der Maschine holen, trocknen, bügeln, wegräumen.

Zuletzt duschte ich und zog meine noch feuchten Schuhe an. Im Schrank von Senhor Ypsilon wählte ich eine Jeans und ein gelbes T-Shirt aus. Er war größer als ich, die Sachen waren mir etwas zu weit, aber nicht so, dass es aufgefallen wäre. Ein Gürtel löste das Problem. Beim Blick in den Spiegel fand ich das Shirt etwas zu auffällig und tauschte es gegen ein kackbraunes aus.

Es war neunzehn Uhr, als ich das Apartment mit meiner Liste und Senhor Ypsilons Handy verließ. Ich schloss rasch die Tür ab und hoffte inständig, dass niemand mich sähe.

Mit einem leichten Schwindelgefühl ging ich die Treppe hinunter und betrat unsere Wohnung über die Küche. Kaum hatte ich die Tür verriegelt, da klingelte es auch schon im Wohnzimmer. Was mir jedoch das Blut in den Adern gefrieren ließ, war das unverwechselbare Miauen.

Als ich die Wohnzimmertür öffnete, stand Francisco, der Hausmeister, mit meiner Katze auf dem Arm vor mir.

»Sie war plötzlich bei uns in der Wohnung«, sagte er und hielt sie mir entgegen.

7

»Was ist passiert?«, fragte Francisco und blickte mich erstaunt an.

Ich wusste nicht, was ich antworten sollte. In meinem Kopf brodelte es derartig, dass ich etwas schwer von Begriff war. Was meinte er damit? Hatte er das Knallen des Revolvers gehört? Den Geruch des Erbrochenen wahrgenommen? Schöpfte er irgendeinen Verdacht?

»Ihr Gesicht«, sagte er und deutete auf meine Stirn.

Ich zuckte zurück. »Sag, du bist in der Badewanne ausgerutscht«, befahl die Bestie in mir.

»Ich bin in der Badewanne ausgerutscht«, antwortete ich.

»Spar dir die Einzelheiten. Hol deine Brieftasche und gib ihm ein Trinkgeld. Bestochene Hausmeister sind verschwiegene Hausmeister.« Ich gehorchte meinen Anweisungen und verabschiedete ihn. Ehe ich Gala ihr Futter und Wasser hinstellte, ging ich mich im Spiegel betrachten und bemerkte erst jetzt, was Senhor Ypsilon mit der Tür in meinem Gesicht angerichtet hatte. Die Blutergüsse würden mit Sicherheit blau anlaufen. Und vielleicht anschwellen.

Ich war schon auf dem Weg aus der Küche, als ich am Kühlschrank den Zettel kleben sah: »Helena hat mich gebeten, heute bei ihr zu übernachten und ihr bei ihren Besorgungen zu helfen. Im Kühlschrank ist Kürbissuppe.«

Es fiel Marta nicht leicht, Helenas Homosexualität zu akzeptieren, und wir besuchten sie nur selten in ihrer Wohnung, in der sie mit ihrer Freundin Bárbara, einer stets auffällig gekleideten, pummeligen Journalistin mit einem raspelkurzen Pony und einer riesigen Brille, lebte. Aber das kam mir in dem Moment gar nicht in den Sinn. Die Vorstellung, dass ich im Stockwerk über mir eine Leiche liegen hatte, belastete mich so sehr, dass ich überhaupt nicht in Betracht zog, das Schlimmste könne noch bevorstehen. Selbst nachdem ich Helena angerufen und sie mir mitgeteilt hatte, Marta sei bereits vor neun schlafen gegangen, schöpfte ich keinen Verdacht. Von elektroschockartigen Krämpfen geschüttelt, lief ich im Wohnzimmer auf und ab. »Tu, was getan werden muss«, sagte die Stimme in meinem Inneren. Ich ging in die Küche und bereitete mir einen starken Kaffee zu. Dann setzte ich mich an den Computer und begann zu recherchieren. Ich weiß nicht, wie lange ich auf den Internetseiten der Welt des Bösen nach einer zündenden Idee surfte. Viele Leute glauben, einen Menschen ums Leben zu bringen, sei der schwierigste Teil des Verbrechens. Aus eigener Erfahrung kann ich heute sagen, dass bei Mord das Töten das geringste Problem ist. Wirklich kompliziert ist es, die Leiche verschwinden zu lassen. Es gibt Täter, die ihre Opfer zerlegen und mit dem Menschenfleisch brockenweise Schweine füttern. Was in meinem Fall dazu fehlte, waren die Schweine. Wo sollte ich welche auftreiben? Wie mit meinem bluttriefenden Eimer in einen Mastbetrieb gelangen? Die Leiche ins Meer zu werfen, mag für manche Mörder eine gute Lösung sein. Für mich war schon das Meer als solches ein Hindernis. Riesige Wassermengen, Monsterwellen, ich habe einen Horror vor der Welt des Flüssigen. Außerdem: Wer sollte das Boot lenken? Ideal sei, so las ich in einem Forensik-Forum, das Gesetz des geringsten Aufwands zu befolgen. Man lege den Toten an einem feuchtheißen Ort ab, und in zwei Wochen ist er von Würmern und noch Schlimmerem aufgefressen worden. In dieser Hinsicht ist Brasilien natürlich ein echter Leichenvielfraß. Die Idee erschien mir machbar. Ich könnte Senhor Ypsilon leichterdings in die Serra da Cantareira schaffen, ein Gebirge, in dem ich in meiner Jugend häufig gewandert war. Es lag nicht weit entfernt, und es gab dort etliche Waldgebiete, in denen ein Grab unauffindbar wäre.

Es war schon nach acht, als ich abermals in Senhor Ypsilons Wohnung hinaufging. Während ich die Leiche aus dem Schrank holte und in die Badewanne legte, stellte ich fest, dass sie zu groß war, sie würde nicht in den Koffer passen, den ich in seinem Kleiderschrank gefunden hatte.

»Zerteil ihn in zwei Hälften«, befahl der übelste Teil von mir.

Seine Muskeln wurden allmählich steif, ich musste schnell handeln. Nächste Vorkehrung: Werkzeuge besorgen.

Mir fiel ein Geschäft an der Uferstraße ein, das vierundzwanzig Stunden geöffnet hatte. Ich ging hinunter in meine Wohnung, holte mir den Autoschlüssel, und in weniger als zwanzig Minuten lief ich auch schon zwischen den mit allen möglichen Baumaterialien prall gefüllten Warenregalen umher. Ich habe diese Art von Läden stets gehasst, die in fein säuberlich geordneten Borden die geballte Hässlichkeit unserer Städte zur Schau stellen: Kabellagen, Aluminiumfenster, Wassertanks, Masten, Betonblöcke, PVC-Rohre und elektrische Leitungen. Ich kaufte widerstandsfähige Tausendliterplastiksäcke, Schaufel, Fuchsschwanzsäge, Schürze, Wäscheleine, Handschuhe, eine Schutzbrille aus Acryl und ein ammoniakhaltiges Reinigungsmittel. An der Kasse stellte ich fest, dass ich nicht die Spur von Angst hatte. Im Gegenteil, ich fühlte mich wohl, fast schon gutgelaunt, so als spielte ich lediglich die Rolle eines Mörders, der sein Opfer zersägt und vergräbt.

Es waren Momente intensiver körperlicher Arbeit, bei der sich meine Anatomievorlesungen aus der Zeit an der Universität als durchaus nützlich erwiesen. Für die weniger widerspenstigen Partien verwendete ich ein elektrisches und ein Küchenmesser, für die Sehnen und die Knochen den Fuchsschwanz.

Anschließend wusch ich die Werkzeuge ab und steckte sie zum Entsorgen in eine Plastiktüte. Ich säuberte auch die Badewanne mit Ammoniak und entfernte bei der Gelegenheit die Blutreste, die sich in den Fußbodenfugen festgesetzt hatten.

Der Vorteil, in einem Haus für arme Leute ohne Sicherheitsüberwachung zu wohnen, besteht darin, dass niemand einen filmt, wenn man in den Fahrstuhl steigt.

Um zwanzig nach zwei saß ich frischgeduscht im Auto und fuhr mit meinem in zwei Koffern verpackten Nachbarn im Laderaum in Richtung Cantareira. Im kleineren befanden sich die Beine und der Kopf, im größeren der Rumpf.

»Licht einschalten, beim Spurwechsel blinken, nicht zu schnell fahren. Gib der Polizei keinen Vorwand, sich dir in den Weg zu stellen«, sagte mein inneres Biest.

Ich fuhr aus der Stadt hinaus, nahm die BR116 und anschließend die Avenida Marginal Tietê. Ehe ich in die Dutra einbog, ließ ich die Scheibe herunter und schleuderte den Sack mit meinem Werkzeug aus dem Fenster in Richtung Fluss. Bei dem niedrigen Wasserstand konnte ich nur beten, dass die Beweisstücke für das Verbrechen sich nicht in der Ufervegetation verfingen.

Auf der Avenida Sezefredo Fagundes zwang mich ein weißer Kleinbus vor mir, die Geschwindigkeit zu drosseln. Erst nachdem er verschwunden war, bog ich in die Privatstraße vom Steinbruch ein.

Als Junggeselle war ich oft mit meinen Freundinnen in diese Gegend gekommen. Der intensive Geruch nach Wald war das einzige, was von damals noch übrig war. Jetzt war dort alles übersät von armseligen, unverputzten Behausungen und alten Autos. Ich fuhr langsam und betrachtete diese neue Art, Elendsviertel aus Industriematerialien zu bauen, die ebenso hässlich und problematisch waren wie die Blech- und Plastikteile der Vergangenheit.

Als ich plötzlich die Hinweisschilder auf die Spazier- und Wanderwege des Núcleo Engordador erblickte, erschrak ich. Alles dort war für den Tourismus eingerichtet, ich konnte meine Leiche wohl kaum an einer Stelle vergraben, an der die Leute picknickten, dachte ich. Nachdem ich einen engen, steilen Schotterweg hinaufgefahren war, gelangte ich zu einem riesigen Parkplatz. Es gab sogar ein Schalterhäuschen zum Kassieren des Eintrittsgelds. Mir schoss durch den Kopf, dass der Park jetzt vielleicht satellitenüberwacht war. In eben diesem Moment wurden alle meine Bewegungen auf der Straße registriert. Selbstverständlich gäbe es Bilder von meinem Wagen, und die Aufzeichnungen würden bei der Gerichtsverhandlung gegen mich verwendet werden.

Ich wendete auf der Stelle und fuhr wieder Richtung São Paulo. Auf der Autobahn überkam mich die Müdigkeit mit Macht. Ich musste mit offenem Fenster fahren, um wach zu bleiben.

Als ich mit dem Wagen in die Garage einbog, zeigte meine Uhr vier. Bald würde es hell werden, und ich wollte nichts bei Tageslicht unternehmen. Ich brachte die Koffer zurück in die

Wohnung von Senhor Ypsilon und verstaute sie im Flurschrank. Dann schloss ich alles ab und ging hinunter in meine Wohnung.

Um viertel nach sechs war ich noch immer wach und wälzte mich im Bett. Mein Kopf malte sich unaufhörlich das Schlimmste aus. Ich sah mich bereits verurteilt, umringt von sadistischen Mördern, und bei dieser Vorstellung ging mein Puls schneller. Nicht einmal der Umstand, dass mein Universitätsabschluss mich vor den unmenschlichen Zellen unserer Gefängnisse bewahren würde, konnte mich beruhigen. Sie werden mich in eine besondere Zelle stecken, sagte ich mir, ohne mir vorstellen zu können, worin das »Besondere« in einem bankrotten Gefängnissystem wie dem brasilianischen bestehen könnte. Würden in der Nacht Ratten und Kakerlaken über meinen Körper kriechen? Wenigstens würde ich nicht mit Vergewaltigern und Psychopathen zusammengelegt, dachte ich. Auch nicht mit Kinderschändern oder Wahnsinnigen. Nur mit Politikern und Korrupten im Allgemeinen. Das sind die Leute, die heute in unseren Gefängnissen sitzen. Bestochene und Bestecher. Geldwäscher, Lobbyisten und Unternehmer. Abgeordnete und Senatoren. Werbefachleute und Baulöwen. Das werden meine Mitgefangenen sein. Bei dieser Aussicht musste ich mich beinahe übergeben. Ich beschloss, Hilfe bei Martas Schlafmitteln zu suchen.

Ehe ich einschlief, erhielt ich einen Anruf von meiner Schulleiterin. »Wir haben eine neue Anweisung aus dem Bildungsministerium erhalten. Ich werde gezwungen sein, den Lehrern, die sich am Streik beteiligt haben, die Fehltage vom Gehalt abzuziehen«, sagte sie.

»Danke, dass Sie mir Bescheid gesagt haben«, antwortete ich.

8

Es dauerte, bis ich begriff, dass dieser Schmerz kein Schmerz war, sondern eine Last, eine schwere Last, die ich in einem dunklen, schlammigen Gewässer zu versenken versuchte, die aber hartnäckig immer wieder an die Oberfläche kam und mich zwang, meine gesamte Kraft aufzuwenden, um das tote Bündel erneut unterzutauchen, und selbst noch im Untergehen, vielleicht im Ertrinken und kurz vor dem Sterben, arbeitete mein Kopf unaufhörlich weiter.

Ich wurde aus dem Alptraum von Stimmenlärm geweckt, verstand aber nicht, was gesagt wurde. Aus der Traumstarre auftauchen, mich von der Leiche, aus dem Wasser, befreien, feststellen, dass ich im Bett lag, dass Helena sich nebenan im Wohnzimmer mit ihrer Mutter unterhielt, all das vollzog sich langsam wie bei einem Schmetterling, der aus seiner Verpuppung schlüpft.

Zwanzig Uhr, zeigte der Wecker. Kaum zu fassen, dass ich den ganzen Tag geschlafen hatte. Ich brauchte noch ein paar Minuten im Bett, bis das Schwindelgefühl ganz verschwunden war. Dann erst stand ich auf und streifte ein T-Shirt über. Als ich mir die Schuhe anzog, bemerkte ich dicht über der Sohle des rechten einen nicht vollständig entfernten kleinen Blutfleck. Ich versteckte die Schuhe unter einem Stapel noch nicht korrigierter Klassenarbeiten in einer Schublade und ging barfuß ins Wohnzimmer.

Die beiden Frauen saßen auf dem Sofa und tranken Wein.

Aus der Küche klang das Simmern des Dampfkochtopfes herüber. Neugierig erkundigten sich die beiden nach Gala.

Ich schilderte Franciscos unverhofften Besuch mit unserer Katze auf dem Arm am Abend zuvor.

»Und du hast unseren Nachbarn verdächtigt«, sagte Marta. Mir fiel auf, dass sie vermied, mir in die Augen zu schauen.

»Setz dich her«, bat Helena und klopfte mit der Handfläche neben sich auf das Sofa. »Was ist mit deinem Gesicht passiert?«

»Gestern auf der Demo gab es einen Tumult, ich bin hingefallen.« Es war erstaunlich, mit welcher Leichtigkeit ich log. Es stimmt wirklich, jeder Mörder wird zum Lügner. Ich erfand noch weitere Falschnachrichten über den Lehrerausstand.

»Wir werden den Beschluss unseres Streikkommandos aufrechterhalten«, erklärte ich.

Marta stand auf. »Das Abendessen ist gleich fertig«, sagte sie, ehe sie sich in die Küche zurückzog.

Ich machte es mir auf dem Sofa bequem und gab Helena einen Kuss. Erst da wurde mir bewusst, dass ich mich an ihrer Seite nicht mehr wohl fühlte. Es war klar, dass sie mich einer strengen Ausforschung unterzog. Zudem wurde die Ungleichheit zwischen uns offensichtlich. Jeder aufmerksame Beobachter konnte sich zusammenreimen, dass unsere Beziehung eine Konstruktion war und nicht naturgegeben. Ich war nicht ihr Vater. Und sie nicht meine Tochter. Ihr Strahlen war fast schon eine Beleidigung für meine Blässe. Vielleicht fühlte sie sich an meiner Seite ebenfalls nicht wohl.

»Wir müssen reden«, sagte sie.

Ich blickte unverwandt zu Boden.

»Ich bin gekommen, um euch zu helfen«, fügte sie hinzu.

Geld. Darum, dachte ich, ging es. Das hatte sich schon so

eingebürgert. Am Ende des Monats konnten wir die Rechnungen nicht bezahlen und mussten uns bei Helena Geld leihen. Ich war ehrlich.

»Mir ist es lieber, wenn du das mit deiner Mutter regelst.«

»Nein, nein«, antwortete sie. »Es geht um eine Entscheidung, die uns alle betrifft. Wir müssen reden.«

Während des Abendessens schwieg ich und überlegte, dass ich, sobald ich die beiden losgeworden wäre, in Senhor Ypsilons Wohnung hinaufgehen und nach seinem Autoschlüssel suchen würde. Zum Entsorgen der Leiche würde ich seinen Wagen nehmen. Je weniger Risiken, desto besser.

Marta richtete nicht ein einziges Mal das Wort an mich. Aus ihren Bemerkungen hörte ich eine Spur Verärgerung über mich heraus, schöpfte aber trotzdem keinerlei Verdacht.

»Ihr seid beide keine Kinder mehr. Wir müssen die Sache erwachsen angehen«, sagte Helena, als wir beim Kaffee angelangt waren.

Dann ging es also doch nicht um unseren finanziellen Ruin, schwante mir voller Sorge. Ich spürte, wie ich erblasste, als sie das Gespräch begann. Mein erster Gedanke war, dass die beiden von meinem Verbrechen wussten.

»Rede du, Mama«, sagte Helena. »Oder soll ich?«

Ich hatte das Gefühl, mich gleich übergeben zu müssen. Mir drehte sich der Kopf.

»Ich kann nicht mehr«, erklärte Marta. »Für mich ist es aus.«

Unsere Tochter übernahm es, meine Hand haltend, mir die Information zu übersetzen: Ihre Mutter und ich würden uns trennen. Endgültig.

Einen Moment lang saßen wir schweigend da. Was Helena gesagt hatte, ergab nicht den geringsten Sinn, und deshalb lachte ich schallend los. Marta und ich waren auf merkwürdige Weise unzertrennlich. In der Biologie spricht man bei derartigen Beziehungen von Protokooperation. Wir waren wie Pilze oder Algen, und das sagte ich den beiden auch. Wir brauchten einander, und beide zogen wir Nutzen aus dieser freiwilligen Symbiose.

»Wie eine Seeanemone und ein Krebs«, betonte ich.

»Ihr seid schon lange nicht mehr verheiratet«, entgegnete Helena und deutete damit an zu wissen, dass Marta und ich seit Jahren nicht mehr miteinander schliefen. Die Vorstellung, dass meine Ehefrau sich mit unserer Tochter über unser Intimleben unterhielt, war abstoßend.

»Ihr seid nicht glücklich«, behauptete Helena. Kurz darauf benutzte sie den Ausdruck »tote Beziehung«.

»Deine Mutter ist sauer«, erklärte ich, »weil ich die Küchendecke kaputtgemacht habe. Ich werde sie reparieren«, ergänzte ich, an Marta gewandt, »und alles wird wieder wie früher.«

Die beiden sahen sich auf diese Art und Weise an, die mich so überaus störte, als bildeten sie einen Familienkreis, aus dem ich ausgeschlossen war.

»Niemand trennt sich wegen einer Küchendecke«, sagte Helena.

Ich versuchte, ihr meine Hand zu entziehen, die sie beidhändig festhielt, aber sie ließ nicht los.

Abermals schwiegen wir alle drei. Marta fing an zu schluchzen. In gewisser Hinsicht wurde dort, glaube ich, eine neue Form für die Beendigung von Ehen erfunden: auf die indirekte Tour. Helena war es, die unsere Trennung betrieb, die unser Fiasko verkündete und erklärte, dass wir unmöglich weiter zusammenbleiben konnten. Sie behauptete, Marta und ich hätten es verdient, unsere »Narrative« neu zu formulieren. Unser Leben sei wertvoller als unsere Verbindung vor dem Gesetz. Scheidung sei nicht gleichbedeutend mit Scheitern. Der Beweis dafür sei sie selbst, die »Frucht« unserer Beziehung und Aufopferung. Ohne unsere Ehe wäre sie nicht die glückliche und selbstverwirklichte Frau geworden, die sie sei. Welchen Beleg wollten wir noch für den Erfolg unseres gescheiterten Eheunternehmens? Darin liege keinerlei Scheitern, wiederholte sie mehrfach. Wir sollten sogar dankbar sein. Wie viele Eltern endeten nicht damit, zusehen zu müssen, wie ihre Kinder an Drogen zugrunde gingen?

Dann lasst uns einen Wein aufmachen und unser glorreiches Finale feiern, wollte ich schon sagen. Mehr noch als das Ende meiner Ehe beeindruckte mich die verkappte Art und Weise, wie alles vonstattenging. Auf einmal waren Marta und ich offenbar nicht mehr freie und gleiche Verfügungsberechtigte und Akteure unser Ehe, sondern Eigentum und Verlängerung von Helena, die sich mal als unsere Mutter, mal als Rechtsanwältin, mal als Richterin gebärdete, die mal mich wie einen Kranken, mal Marta wie eine Heldin und uns beide behandelte, als wären wir seit vielen Jahren unglücklich. Sie war das Zentrum, Herrin über unser beider Leben, die sie beharrlich als »Narrative« bezeichnete, die »neu erfunden werden« müssten. Was stellte sie sich eigentlich vor, worin ihre Mutter und ich uns als Getrennte verwandeln würden, wenn wir, ihren eigenen Worten zufolge, gemeinsam lediglich ihre Eltern zu sein vermocht hatten?

Ich muss zugeben, dass mich in dem Moment nicht einmal der Gedanke an eine auf mir lastende Leiche so sehr erschreckte wie die Aussicht, fern von Marta zu leben. Eine Leiche vergräbt man, und dann vergisst man sie. Was aber sollte ich mit meiner Einsamkeit anfangen? Für wen würde es in unserer Wohnung nach Sauberkeit riechen? Wer würde mir die Nägel schneiden? Wem zuliebe würde ich Wasser sparen? Und was, wenn später einmal Leberkrebs bei mir diagnostiziert würde? Oder bei ihr? Wer würde uns pflegen? Marta war mehr als meine Frau. Sie war mein Zuhause. Mein dynamisches Gleichgewicht. Mit ihr an meiner Seite war das Ergebnis der Einwirkung aller anderen Kräfte auf meinen Körper gleich null.

Ich verspürte den Drang, als Ablenkungsmanöver zu beichten, in welchem Durcheinander ich mich befand. Vielleicht würde das die beiden von der Idee mit der Scheidung abbringen. Ich überlegte, ob ich sie in die Wohnung von Senhor Ypsilon führen und ihnen erklären sollte, wie er gefallen und mit dem Kopf auf dem Badewannenrand aufgeschlagen war, das, jawohl, war schwerwiegend und wichtig, würde ich sagen. Für Leid und Qual reichte die Realität, diese Lektion mussten sie lernen. Welche Bedeutung hatten schon unsere unversöhnlichen Differenzen, jetzt, wo Senhor Ypsilon mich zum Mörder wider Willen gemacht hatte? Was war schlimm an unseren ehelichen Streitigkeiten angesichts einer taufrischen Leiche direkt über unseren Köpfen? Genau das wollte ich tun. Doch als ich an die zerlegte und in zwei Koffern verpackte Leiche dachte, wurde mir bewusst, dass ich den Zeitpunkt für das Geständnis meiner Tat bereits verpasst hatte. Ja, man kann zugeben, dass man aus Versehen jemanden überfahren, dass man im Affekt den Abzug gedrückt, dass man alkoholisiert jemanden attackiert und angegriffen hat. Aber jemanden zerlegen und verpacken ist eine andere Liga. Ich wusste, Marta und Helena würden mein Verhalten nicht verstehen.

»Du musst mir zuhören«, redete Helena später weiter auf mich ein, als sie meine Hemden und Unterhosen aus dem Kleiderschrank holte und in einen kleinen Koffer legte, den Marta ihr gegeben hatte.

»Ich will nicht mit zu dir«, erklärte ich, als sie mich nötigte, in ihren Wagen zu steigen, weil Bárbara, ihre Frau, uns erwartete.

»Papa, mach es nicht so kompliziert«, sagte sie, als wir in die Garage des luxuriösen Hauses einbogen, in dem sie wohnte.

In der Wohnung der beiden Entspannung zu finden, war ein Ding der Unmöglichkeit. Sie hatte etwas Laborartiges und den Sauberkeitsgrad eines Operationssaals, und je freundlicher zu sein sich Bárbara mit ihrem Pony einer geistig Zurückgebliebenen bemühte und erklärte, ich könne so lange bleiben, wie ich wolle, desto größer wurde mein Bedürfnis, von dort zu fliehen.

Spätabends lag ich in einem Gästezimmer, das ebenso sauber und unpersönlich aussah wie in einem Hotel und war zutiefst davon überzeugt, dass die zerlöcherte Küchendecke die Ursache für Martas Entschluss war, die Scheidung einreichen zu wollen. Es gibt Menschen, die Ordnung im selben Maße überbewerten wie andere Sex. Oder Musik. Wir alle bewerten irgendetwas über. Die einen das Geld. Die anderen das Gesetz. Das Image. Die Sicherheit. Oder die Familie. Die Löcher in der Decke hatten in meiner Frau etwas ganz Tiefliegendes berührt. Etwas Strukturelles. Ich rief in dieser Nacht mehrfach zu Hause an, ich wollte unbedingt mit ihr reden, ihr erklären, dass ich die Stille ebenso liebte wie sie die Ordnung der Welt. Lärm und Unordnung sind das Gleiche, hinterließ ich als Nachricht auf unserem Anrufbeantworter, sie entsprechen einander, weil sie uns in etwas verwandeln, das wir nicht sind. Ich bin kein Mörder, und du bist keine geschiedene Frau, sagte ich.

»Hör auf, Mama zu stören«, befahl Helena mir, als sie unmittelbar, nachdem ich auf den Anrufbeantworter gesprochen hatte, ins Zimmer kam. »Sie braucht Ruhe, und du ebenfalls.«

Sie hatte ein Tablett mit einem Glas Wasser und einer blauen Pille mitgebracht.

»Ich nehme keine Schlaftabletten«, sagte ich.

»Papa, wenn du nicht kooperierst, werde ich mich nicht alleine um dich kümmern können. Verstehst du, was das heißt?«

Entsetzen packte mich. Ich hatte das dunkle Gefühl, bedroht zu werden, wenngleich ich nicht genau begriff, von wem oder was.

Ich schluckte die Pille und legte mich hin.

Helena zog mir die Schuhe aus, deckte mich zu und gab mir einen Kuss.

»Ich hab dich lieb«, sagte sie, ehe sie hinausging. »Alles wird gut, glaub mir.«

Als sie das Zimmer verlassen hatte, war mir, als öffnete sich mit einem Mal rings um mich eine Kammer der Ruhe. Das, ja, das war Stille. Eine Weltraumstille, geschaffen wie von einer Lärmbeseitigungsmaschine. Vollkommen wie ein Ei. Stille ist ein Luxusartikel, dachte ich, ehe ich in den Schlaf fiel. Nur die Reichen können sie sich leisten.

9

Ich öffnete die Tür und rief nach Helena. Eine Stille zum Zerschneiden, das war mein Gefühl. Wie etwas Greifbares, Gepolstertes. Aus Plastik oder aus Schaum. Lebendig und wirkungsvoll wie Luft und Wasser. Als ich den Flur voller Fotos von meiner Tochter und Bárbara entlangging – Schwarzweißporträts, die mich an Werbeplakate für Krankenkassen erinnerten – merkte ich, dass ich in dieser Wohnung nicht mehr war als ein Geräusch im Flur.

Im Wohnzimmer war der Tisch gedeckt. Weißes Geschirr, weißes Tischtuch, weißes Sofa, die Hausherrinnen schienen von der Farbe Weiß ganz besessen zu sein. Ich suchte gerade nach Papier und Stift, um eine Nachricht für Helena zu hinterlassen, als eine Frau in Dienstbotenuniform vor mir auftauchte, mich als Herr Lehrer anredete und mich fragte, ob ich duschen wolle.

»Wie spät ist es?«, erkundigte ich mich.

»Viertel nach sieben.«

»Hat meine Tochter schon gefrühstückt?«

»Es ist viertel nach sieben Uhr abends«, erklärte sie, als sie meine Verwirrung bemerkte.

»Ich möchte Helena eine Nachricht hinterlassen. Ich muss weg.«

»Dona Helena und Dona Bárbara müssen jeden Moment da sein«, sagte die junge Frau.

»Ich kann nicht warten. Können Sie mir einen Stift besorgen?«

»Dona Helena hat gesagt, dass Sie duschen müssen«, erklärte sie mit Nachdruck und nahm meinen Arm.

»Fassen Sie mich nicht an«, herrschte ich sie an.

Die Frau lächelte und sagte, es gebe keinen Grund, nervös zu werden.

»Wo ist die Tür?«, wollte ich wissen.

In ihren Augen erkannte ich, dass sie mich weiter dort festhalten wollte.

»Ich muss hier raus«, brüllte ich und blickte mich um.

Bei dem Versuch, zur Wohnungstür zu gelangen, stellte sie sich mir, lächelnd und sich entschuldigend, immer wieder in den Weg; ich musste sie zu Boden stoßen, um zu entkommen.

Ich war kaum in den Bus gestiegen, als Helena mich anrief.

»Papa, du musst zurückkommen«, sagte sie. »Lass uns reden.«

»Ich habe eine Versammlung des Streikkomitees.«

»Hör auf zu lügen. Es gibt keine Versammlung.«

»Was verstehst du schon von der Gewerkschaftsbewegung?«

»Papa, bitte. Ich habe mit der Schule gesprochen. Mit der Direktorin. Ich habe ihr die Lage geschildert, wir kümmern uns um deine Krankschreibung.«

»Wovon redest du?«, fragte ich mit überschnappender Stimme. »Was für eine Lage?«

»Genau darüber müssen wir uns unterhalten.«

»Du bist nicht der Nabel der Welt«, schrie ich. »Ich lasse nicht zu, dass du in meiner Schule anrufst.«

»Weißt du, dass Tábata dich anzeigen kann?« Sie schrie nun ebenfalls.

»Wer ist Tábata?«

»Meine Hausangestellte«, antwortete sie wieder beherrschter. »Du hast sie angegriffen.«

Ich fasste mich ebenfalls wieder, senkte meine Stimme und erklärte ihr, ehe ich auflegte, dass ich gezwungen gewesen sei, so zu handeln.

»Sie hat versucht, mich in deiner Wohnung festzuhalten.«

Helena versuchte weiter, mich anzurufen, aber ich nahm nicht wieder ab.

An der Bushaltestelle Rua Clélia stieg ich aus und ging zu Fuß zu unserem Wohnblock. Damit der Hausmeister mich nicht sah, betrat ich das Gebäude durch die Garage.

Ich nahm die Treppe. Ehe ich in Senhor Ypsilons Wohnung hinaufging, wollte ich mich mit Marta versöhnen. Es stimmte, wir hatten uns in letzter Zeit voneinander entfernt. Tatsache war aber auch, dass die Schuld daran Senhor Ypsilon trug. Mit derartigem Krach kann man weder ein guter Ehemann noch eine gute Ehefrau sein. Wenn ich mich, wie Marta behauptet hatte, in einen geistesabwesenden und reizbaren Menschen verwandelt hatte, dann war sie intolerant und ungenießbar geworden. Es war vorbei mit der Liebenswürdigkeit. Und die Spaziergänge Hand in Hand durch unser Viertel? Nie wieder hatten sich unsere Finger ineinander verschränkt. Nie wieder hatten wir beim Frühstück unsere launigen Bemerkungen über die Zeitungsmeldungen gemacht. Und dieser Wandel war nur mehr das Ergebnis des Getrampels unseres Nachbarn, seines Krachens und Knallens, seines Gepolters und Gestöhnes, seines Gelächters und Gelärmes, das letztlich unseren Familienstand geändert hatte. Was war daran so überraschend? Das ist schließlich die große Gefahr von Geräuschen: Sie dringen in uns ein wie Bakterien und infizieren unser Blut. Vom religiösen Standpunkt aus gesehen würde ich sagen, Krach ist das uns bekannteste Attribut des Teufels. Aber vielleicht wäre es besser, die metaphysischen Fragen beiseite zu lassen. Ich würde nur über das Wesentliche sprechen. Dass wir von jetzt an vereinter sein würden denn je. Bis dass der Tod uns schiede. Sofern sie wollte. In guten wie in schlechten Zeiten. Wenn sie einverstanden wäre. Von jetzt an will ich alles mit dir teilen, würde ich sagen. An dieser Stelle würde ich natürlich erklären, was zwischen mir und Senhor Ypsilon vorgefallen war und wie mich ein Strudel in diese Tragödie hineingezogen hatte. Gewiss gäbe es für uns eine Chance. Wer weiß, vielleicht könnten wir wieder bumsen? Mit Hilfe irgendeines Medikaments? Zur Gefäßerweiterung? Vielleicht könnte sie mir helfen, Senhor Ypsilon loszuwerden. Unter keinen Umständen durften wir uns trennen, bloß weil Helena den Bankrott unserer Ehe verkündet hatte. Die Tatsache, dass sie glücklich war, gab ihr nicht das Recht, anderer Leute Unglück zu erfinden, würde ich sagen. Bei dem Gedanken an meine Ansprache wurde ich nur noch zuversichtlicher und entschlossener.

Als ich den Schlüssel ins Schloss unserer Wohnungstür stecken wollte, stellte ich allerdings fest, dass es ausgetauscht worden war. Von drinnen waren verzerrte Klänge zu hören, vielleicht Jazz, was mich überraschte. Bei uns zu Hause wurde selten Musik gehört. Ich drückte auf die Klingel und versuchte mich zu erinnern, zu welchem Zeitpunkt unseres Lebens Marta und ich aufgehört hatten, gemeinsam Musik zu hören.

Als die Tür aufging und Marta vor mir stand, verlor ich den Boden unter den Füßen. Sie hatte ein rotes Kleid an, und ihr Haar war oben auf dem Kopf zu einem Knoten zusammengebunden. Um den Hals trug sie die Kette, die ich ihr irgendwann einmal zum Geburtstag geschenkt hatte. Auf ihrer plötzlich erblassten Haut traten das Make-up, der Lidstrich und der

Lippenstift umso deutlicher hervor. Sie wirkte verjüngt, hatte nichts mehr gemein mit meiner Krankenschwester-Marta. Meiner verbrauchten, bleichen Marta. Ihre Nägel waren lackiert.

Es war offenkundig, dass es ihr nicht gefiel, mich dort zu sehen, aber ich ließ ihr keine Wahl. Ich stemmte mich gegen die Tür und wurde gleich beim Hereinkommen mit dem Horrorszenario des Abendessens konfrontiert. Der Tisch war mit unserem selten benutzten Sonntagsgeschirr gedeckt. In der Mitte mein Lieblingsessen, ein dampfendes *Bobó de camarão* aus Garnelen, Maniok und Palmöl mit Reis und Ofenkartoffeln. Tausend Mal hatte sie es für mich gekocht. Dazu Weißwein. Ein schlichter Blumenstrauß zur Dekoration. Und ein Schwarzer in Anzug und Krawatte, der auf meinem Platz saß.

»Das ist Rodrigo«, sagte sie. »Wir arbeiten zusammen im Krankenhaus.«

You like potato, I like potahto, you like tomato, I like tomahto, Potato, Potahto, Tomato, Tomahto, ich achtete auf den Text des Stücks, das das romantische Arrangement vervollständigte.

»Sehr erfreut«, sagte er und streckte mir die Hand entgegen.

Ich war nicht imstande, es ihm gleich zu tun. Noch nie in meinem ganzen Leben, weder auf der Straße noch in der Schule, hatte ich je einen so schwarzen Schwarzen gesehen. Dunkelhäutige gab es viele. In Brasilien sind wir alle ein bisschen dunkler. Aber Rodrigo war die Farbe Schwarz in Person. Schwärzer als ein Chopi-Stärling. Er war vermutlich nicht älter als dreißig, und alles an ihm strahlte Saft und Kraft aus, vor allem, wenn er lächelte und man seine Zähne sehen konnte, die ebenso weiß und schön waren wie die Tasten eines neuen Klaviers.

»Dieser Wein ist exzellent«, bemerkte er. »Ich glaube, Sie sollten ihn probieren.«

»Ich gehe ein Glas holen«, sagte Marta und ließ uns allein.

»Sie sind Lehrer?«, fragte er. »Meine Mutter hat auch in staatlichen Schulen gearbeitet. Sie war Putzfrau.«

Warum verglich er mich jetzt mit einer Putzfrau?

»Seid ihr ein Paar?«, fragte ich im Flüsterton. Ich weiß nicht warum, aber ich wollte nicht, dass Marta uns hörte.

Sein Lächeln erlosch, langsam, wie eine Blume, die unter zu heißer Sonne verwelkt. Und sein Blick senkte sich auf den Tisch, ins Nichts, es war klar, dass er nach einer Antwort suchte. Ich wusste, was als nächstes kommen würde.

Und fürchtete mich davor, dass Marta mich in diesem Zustand sähe. Sie versuchte noch etwas zu sagen, als sie aus der Küche zurückkam, aber ich war schneller.

Ich rannte hinauf ins obere Stockwerk in die Wohnung von Senhor Ypsilon und ließ mich aufs Sofa fallen.

In dem Augenblick rief Helena an.

»Papa«, sagte sie. »Wo bist du?«

Ich brachte lediglich ein Schluchzen hervor.

»Bitte, Papa, sag es mir, ich komme dich holen.«

»Er ist schwarz«, sagte ich, als ich mein Schluchzen zu unterdrücken vermochte.

»Wo bist du?«

»Ein Neger«, wiederholte ich.

»So darfst du nicht reden, das ist eine Beleidigung.«

»Es ist keine Beleidigung. Ich sage lediglich, dass er schwarz ist. Schwärzer als schwarz. Er ist pechschwarz.«

»Hör auf damit. Wo bist du?«

»Seit wann?«, fragte ich.

»Wie bitte?«

»Hast du alles gewusst? Sie hat nicht bei dir übernachtet. Du hast sie gedeckt. Als ich angerufen habe, hast du mir gesagt, sie würde schlafen.«

»Papa, bitte. Welchen Unterschied macht das denn?«

»Seit wann sind sie zusammen?«

»Seit knapp zwei Jahren.«

»Wusstest du es?«

»Mehr oder weniger.«

»Wusstest du es, oder wusstest du es nicht?«

»Ja. Sie hat es mir im Juli vergangenen Jahres erzählt. Die letzte Zeit ist nicht leicht für sie gewesen. Es hätte auch dir passieren können. So etwas kommt eben vor. Aber du hast recht: An dem Abend, als Gala wieder aufgetaucht ist, habe ich sie gedeckt. Unter der Bedingung, dass sie dir am nächsten Tag reinen Wein einschenkt.«

»Seit zwei Jahren«, wiederholte ich mit einem vagen Schwindelgefühl.

»Wir können darüber reden, Papa, ich kann dir helfen, sag mir, wo du bist, und ich hole dich ab, wir essen hier bei uns zu Hause zu Abend, Bárbara hat dich sehr gern ...«

»Seit zwei Jahren.« Mehr konnte ich nicht sagen.

Ich legte auf, nahm den Akku aus dem Telefon und wankte in Richtung von Senhor Ypsilons Schlafzimmer. Dort ließ ich mich aufs Bett fallen, vergrub meinen Kopf im Kissen und fing an zu weinen. Seit zwei Jahren.

Ich weinte leise und schluchzte, wie ich zuletzt als kleiner Junge geschluchzt hatte.

10

Eine Bemerkung zur Stille. Nach und nach begriff ich, dass es viele Arten von Stille gibt. Es gibt eine Stille der Geräte, wie im Krankenhaus. Oder eine steinerne Stille, wie in der Wüste. Oder eine animalische Stille, wie die eines bedrohlich atmenden Raubtiers. Außerdem gibt es eine drückende Stille, die von oben kommt oder aus der Vergangenheit, wie ein von sturmbringenden Wolken schweres Firmament. Und eine Stille, die aufsteigt wie Äther und uns in den Himmel hebt.

Ich weiß nicht, ob es die Auswirkungen der Stille dieses Ortes waren, eine neue Stille, die eine Art inwendigen Stromausfalls in mir verursachte, aber Tatsache ist, dass ich sofort das Zeitgefühl verlor.

Ich schlief und erwachte in wirrer Folge. Vor dem Computer war ich plötzlich wie abgeschaltet und befand mich, wenn ich wieder zu Bewusstsein kam, vor dem Schrank mit Senhor Ypsilon darin. Oder aber ich döste auf dem Sofa ein und wachte im Wasser liegend in der Badewanne wieder auf. Die Tage und Nächte verschwammen zu einem dichten Nebel, in dem sich schwer ausmachen ließ, was Traum und was Wirklichkeit war. Wer tot war und wer getötet hatte.

Zu den wenigen Dingen aus dieser Zeit, an die ich mich erinnern kann, gehört die Strecke zwischen der Wohnung und der Garage, die ich einige Male voller Angst zurücklegte und dabei stets die Koffer mit Senhor Ypsilon darin nach unten und wieder hochschleppte, ohne je mit meinem Vorhaben, mich von der Leiche zu befreien, voranzukommen. Schon beim Hinunterfahren wollte ich am liebsten gleich wieder umkehren, zurück in die Sicherheit meines Kokons, um alles zu überdenken und eine todsichere Strategie, einen unfehlbaren Plan, zu entwickeln, aber zurück in der Wohnung, konzentrierte ich mich einzig darauf, wie ich ungesehen nach unten gelangen könnte. Dabei schaffte ich es nie, mir konkret zu überlegen, auf welche Weise ich mich dieses Gepäcks entledigen wollte.

Ich weiß noch, dass ich aufhörte, mir deswegen Sorgen zu machen, nachdem ich in Senhor Ypsilons Nachttisch das Ergebnis eines Schwangerschaftstests gefunden hatte. Daraus schloss ich, dass Senhor Ypsilons Freundin ein Kind bekam, und ich gestehe, dass mich das mehr als alles andere außerordentlich beunruhigte. Das arme Kind war noch nicht einmal geboren und schon Waise. Manchmal machte ich mir selbst Mut mit dem Gedanken, dass ich mit Senhor Ypsilons Freundin genauso wie mit Marta verfahren und ihr Kind adoptieren könnte. Vielleicht war es mein Schicksal, mich um die Kinder der anderen zu kümmern.

Ich weiß auch noch, dass ich in einer alten Zeitung, die ich in Senhor Ypsilons Wohnzimmer fand, die Geschichte von einem Mann las, der jeden Tag ein Gedicht auswendig lernte. In mir ist viel Poesie, sagte der Mann in der Geschichte, was in mir das plötzliche Bedürfnis weckte, mich mit Gedichten zu mästen. Mir fehlten Gedichte, das stand fest.

Alles andere rauschte an mir vorbei. Das Telefon klingelte. Ebenso die Gegensprechanlage. Ich glaube, Francisco stand mehrmals vor der Wohnung. Ich wusste, dass er es war, auch wenn ich nicht durch den Spion sah, um es zu überprüfen. Er postierte sich vor der Tür und atmete schwer.

Eines Tages wurde ein Schlüssel im Schloss herumgedreht, und eine erschrocken blickende junge Frau kam herein und fragte nach Senhor Ypsilon.

»Ich bin sein Cousin«, sagte ich. Hinter meinem Rücken versteckt hielt ich ein Messer in der Hand. »Sie sind die Putzfrau, nicht wahr?«

Sie wurde auf der Stelle entlassen. Ich erklärte ihr, nicht ich, sondern Senhor Ypsilon selbst habe diese Entscheidung getroffen.

»Tut mir sehr leid«, sagte ich. »Wir sind hier nur zu zweit, wir brauchen kein Personal. Wir kümmern uns selber.«

Ich wollte mich tatsächlich um die Wohnung kümmern, ich war sehr dankbar dafür, dort bleiben zu können und nicht Gast bei meiner Tochter sein zu müssen. Das Problem war, dass ich kaum mehr laufen konnte. Meine Beine trugen mich jetzt nur noch mit Mühe und Not bis zum Fenster. Manchmal wachte ich am Boden liegend auf und bemerkte den Geruch meines eigenen Urins.

Man fand uns offenbar am selben Tag, an dem ich das Mädchen entlassen hatte, aber sicher kann ich das nicht sagen. Sie war es, die die Polizei und Francisco alarmiert hatte. Weil sie einen Schlüssel besaß, musste die Tür nicht aufgebrochen werden.

Später erzählte man mir, ich hätte vier Tage eingeschlossen in der Wohnung zugebracht und sei wegen des Gestanks gefasst worden, aber das ist nicht wahr. Ja, es roch schlecht, vor allem, nachdem ich aufgehört hatte, Insektenspray und Deodorant in der Wohnung zu versprühen, aber das Verdienst für meine Verhaftung kam tatsächlich der Putzfrau zu. Sie hatte keine einzige der Lügen geglaubt, die ich ihr aufgetischt hatte.

Ich erinnere mich noch lebhaft daran, wie der Polizist mit den spitzdachartig gebogenen Augenbrauen mich fragte, ob ich den Wohnungsinhaber getötet hätte.

»Ja, ich habe ihn getötet«, sagte ich. »Aber nicht mit Absicht.«

Man legte mir Handschellen an und brachte mich zum Polizeiauto. Ich sollte bis zum Wagen laufen, aber ich wurde vorher ohnmächtig und fiel hin, lange bevor wir das Fahrzeug erreichten.

Ich hätte mit dem Kopf aufschlagen und sterben können, so wie Senhor Ypsilon, aber ich habe überlebt.

TEIL 2

»The mind is its own place, and in itself
Can make a heav'n of hell, a hell of heav'n.«
John Milton, Paradise Lost, Book I.

1

Ich erwachte im Krankenhaus, als eine Schwester den Venenzugang an meinem Arm auswechselte.

»Für den Tropf«, sagte sie und erläuterte mir anschließend, es habe eine kleine Gewebeeinblutung gegeben, was mich in echte Sorge versetzte. Ich konnte mir den Luxus einer wie auch immer gearteten Verschwendung nicht leisten, schließlich war ich gerade noch einmal davon gekommen.

»Ein Tag länger, und Sie hätten einen Herzstillstand erlitten«, erklärte die Krankenschwester.

Durch den von Helena beauftragen Rechtsanwalt erfuhr ich auch, dass ich als geständiger Beschuldigter direkt in eine Haftanstalt hätte eingeliefert werden müssen, was dank meines heiklen Gesundheitszustands nicht passiert war.

»Sprechen Sie mit niemandem, wenn ich nicht dabei bin«, schärfte er mir ein. »Ich prüfe Ihren Fall.«

Sein Name war Franco Moreira Mendes, und er war klein und aufgeregt wie die Vögel, die ich als Kind immer mit einer Zwille getötet hatte.

Von meinem Zimmer aus konnte ich durchs Fenster in den offenen Innenhof sehen, in dem den Krankenschwestern zufolge in der Vergangenheit einmal ein Garten existiert hatte und der jetzt von einem roten, aufgesprungenen Zementboden bedeckt war. An Sonnentagen strahlte er eine Atomhitze aus. Die Nächte waren weniger unangenehm, vor allem dann, wenn an den gekalkten Wänden der Krankenstation etwas von dem Regen herunterlief, der die Stadt unter Wasser setzte.

Zur Linken und zur Rechten war ich von Sterbenden umgeben. Sie schnarchten, stöhnten und weinten, aber was mir den Schlaf raubte, waren die elektronischen Pieptöne.

Der mit der Sauerstoffmaske war ein Kämpfer, die mit den Windeln hatte den Kampf aufgegeben. Vor meinem geistigen Auge tauchte Marta auf, aus dem Nichts, sie und ihr Liebhaber immer gemeinsam, wie sie sich gegenseitig mit dem Handy aufgenommene Bilder von Todkranken zeigten. Bei dem einen würde sie seine Unverzagtheit betonen. Bei dem anderen die Wunde. Bei einem weiteren würde sie die Selbstaufgabe erkennen. Die Hoffnung zu verlieren ist der erste Schritt in Richtung Tod, würde sie sagen. Er würde ihr Recht geben und Beispiele anführen. Die beiden würden sich gegenseitig loben und die Professionalität des anderen preisen. Es gibt immer einen Idioten, der den Mist, den man fabriziert, für Kunst erklärt. Und unsere adrette, saubere, nach frischen Früchten duftende Wohnung würde dem jungen Paar als Nest dienen. Ein warmer Wind würde durchs Wohnzimmer wehen, und die beiden würden das wohlige Gefühl von Menschen verspüren, die einen ganzen Tag zum Ausspannen vor sich haben.

An einem bestimmten Punkt des Gesprächs würde Marta sich über mich beklagen. Weil ich zwar Biologie studiert hätte, würde sie sagen, aber kein Gespräch über Viren und Bakterien führen könnte. Oder über Krankheiten und Behandlungsmethoden. Jedenfalls nicht so wie sie beide, die Verliebten, sich darüber zu unterhalten pflegten. Was hätte mein Ex schon über Amyotrophie zu sagen?, würde sie fragen. Der Ärmste ist

Lehrer. Du weißt ja, diese armen Schlucker, die ständig streiken. Und weißt du, warum mein Exmann Biologie studiert hat? Nicht aus dem gleichen Grund wie wir Krankenpfleger, die wir in unserem Beruf aufgehen. Mein Exmann glaubt nicht an Altruismus. An Hilfsbereitschaft. An Güte. An den Weihnachtsmann. An die Lotterie. Er glaubt an nichts von alledem. Und woran glaubt er dann, mein Schatz?, würde der vernarrte Kohlenmann fragen.

Manche Paare sind so, sie geilen sich am Gewürm der Vergangenheit auf. Mein Mann, würde sie antworten, glaubt an die reine Mathematik. An die Natur. Und an Fehler. Vor allem an Fehler. Von den krassesten bis zu den dümmsten. Er glaubt an jede Art von Fehler.

An dieser Stelle würde sie ihn in die Küche führen und ihm mein Kunstwerk an der Decke zeigen.

Und als wenn das noch nicht ausreichte für die Erektion zum nächsten Beischlaf, würde der Schwarze fragen, warum zum Teufel dieser Idiot von ihrem Exmann Biologie studiert hatte. Tja, würde sie antworten, wegen seiner pathologischen Neugier. Denn mein Mann war von klein auf ganz besessen von Ameisen und Ameisenhaufen. Nicht von der Ameise als solcher, sondern von der Weisheit dieser Insekten. So hat er angefangen, sie zu studieren. Die, die transportieren und die, die bauen. Termiten und Bienen. Die eine ist Königin, die andere Sklavin. Die eine pflanzt sich fort, die andere sticht. Mein Mann war seit jeher von der Logik der Natur fasziniert. Von den Vögeln, die wissen, ob sie nach Süden oder nach Norden fliegen müssen. Von den Zyklen. Von der Hitze, die die Atome aktiviert. Und von den Molekülen. Vom Samen, von der Erde, vom Wasser und von der Verbindung zwischen den Elementen und den Lebensformen. Diese Logik und diese Beziehungen waren es, die in meinem Mann das Interesse für das Studium der Nukleinsäuren und der Proteinbiosynthese geweckt haben, und so ist er schließlich bei der Biologie gelandet und durch sie in den Lehrerberuf gedrängt worden, wo er sich die Schönheit der Natur in den Hintern stecken konnte und Phagozytose unterrichten musste.

An der Stelle würden sie sich ausschütten vor Lachen. Wie wir alle wissen, ist Lachen die Religion der Verliebten. Bald darauf wären sie verheiratet. Vielleicht würden sie eine glanzlose Brut in die Welt setzen, um ihre Verbindung zu legitimieren.

Ich konnte nicht anders, ich musste unweigerlich daran denken, dass direkt über ihren Köpfen, während das Glück seine Handlung strickte, die Leiche von Senhor Ypsilon voller Leben gewesen war. Hier und da barsten Zellen. Zuerst in der Leber, dann im Herzen entstanden alle naselang neue Ökosysteme für Trillionen von Bakterien, Abkömmlinge Tausender verschiedener Arten, die sich an dem Festmahl des vermodernden Senhor Ypsilons reichlich laben würden.

Diese und andere Gedanken wanden sich in meinem Kopf wie Schlangen, ließen meinen Puls schneller schlagen und gaben mir die Gewissheit, dass eine Herzattacke unmittelbar bevorstand. Von nun an hatte ich Muskelkrämpfe und verweigerte die Nahrung.

»Wir glauben, dass Sie ein Trauma durchleben und werden mit einer psychiatrischen Medikation beginnen«, eröffnete mir der Doktor, nachdem mich ein anderer Arzt aus der psychiatrischen Abteilung untersucht hatte.

Die Psychotropika bewirkten, dass ich kaum die Augen offenhalten konnte. Ein Zustand der Betäubung umfing mich,

ich schlief, wachte auf, ohne an Marta zu denken, zitterte oder gefror, stellte mir vor, dass die Atome und Elektronen in meinem Inneren einander auslöschten, dass sie mich auflösten, mich in eine dünne Flüssigkeit verwandelten, die in die Eisenmoleküle des Bettes eindrang, wo ich mich zu einer neuen, festeren Struktur zusammenfügte, in der ich mich dem Blei anverwandelte und nunmehr aus Stahl existierte. Manchmal mit Marta. Ohne Angst. Hitze und Kälte ausgesetzt. In mir drinnen. Mit Gewissensbissen. Mich entleerend. Verdampfend oder schmelzend. Neben der Leiche von Senhor Ypsilon. Abermals gefrierend. Schuldlos. Schlafend.

Nicht immer ist leicht zu verstehen, was flüssig, was Traum, was real ist. Manchmal glaubte ich, nicht zu schlafen und nur von dem festen Aggregatzustand, in dem unsere Partikel zur Untätigkeit, einer Form der biologischen Sklaverei, verdammt sind, in den flüssigen überzuwechseln, mit der Freiheit, mich ganz ungezwungen zu entleeren und in das Bettlaken zu pinkeln. Zuweilen vernahm ich Geflüster, Witzeleien, vertraute Dinge. Dann wieder Glocken oder das Brummen von Geräten. Lichter flackerten auf, metallische Blitze, Wirklichkeitsfetzen, mit langen Straßen, die mich in die kleine Stadt im Landesinneren führten, in der ich geboren wurde.

Eines Morgens fühlte ich mich beim Aufwachen völlig wiederhergestellt. Doch erst im Laufe jener Woche begriff ich, was sich verändert hatte. Es war, als ob der Klang der Wirklichkeit gedämpft worden wäre, damit die Stille in mich eindringen konnte. Zusammen mit dem Tropf. Als wäre die Stille eine flüssige Realität, die mich mit Wohlbehagen erfüllte.

Nicht nur der Arzt interessierte sich für meine Berichte. Erzählen Sie mehr, sagte mein Anwalt, beschreiben Sie dies, beschreiben Sie jenes. Ich schilderte zwei oder dreimal, wie es zu Senhor Ypsilons Sturz im Badezimmer gekommen war, aber es waren meine akustischen Eindrücke, die ihre Neugier weckten.

An der Tür der Krankenstation standen zwei Polizisten und bewachten mich. Einer der beiden bat mich, ein Foto mit mir machen zu dürfen. So kam ich dahinter, dass ich zu einer Berühmtheit geworden war.

»Stimmt das?«, fragte ich die Krankenschwestern. »Ist tatsächlich die Presse hinter mir her?«

Sie bejahten. »Sie sind pausenlos im Fernsehen.«

Und dann sah ich mich in den Nachrichten.

»Der Zerstückler von Casa Verde«, so bezeichnete man mich. Ich verstand nicht, warum sie hartnäckig Lapa mit Casa Verde verwechselten.

»Ich wohne in Lapa«, sagte ich jedes Mal. Und warum zeigten sie stets dasselbe Foto? Eines, auf dem ich einen Wirbel im Haar zu haben schien? Es gab unzählige Fotos von mir, auf denen mein Haar gekämmt war wie das eines Nachrichtensprechers, aber sie bestanden auf dem Foto, auf dem ich aussah wie ein Verrückter.

»Sie werden demnächst in die Haftanstalt Paulo Mário Nevesco verlegt«, erklärte mir mein Anwalt an einem Donnerstag. »Vorher wird man Sie zu einer körperlichen Untersuchung ins Institut für Rechtsmedizin bringen.«

Das sollte bereits am folgenden Tag geschehen, sobald die Ärzte meine Entlassung aus dem Krankenhaus genehmigten.

»Sprechen Sie mit niemandem, wenn ich nicht dabei bin«, schärfte er mir ein.

Es war mein Recht zu schweigen, aber nicht deswegen weigerte ich mich, auf die Fragen des Ermittlers zu antworten. Auch nicht, um die Wahrheit zu verbergen. Das Schlimmste wusste er bereits. Ich höre einfach lieber zu, statt zu reden. Wer redet, sendet Zeichen aus. Wer zuhört, schaut voraus.

2

In meiner ungefähr fünfundzwanzig Quadratmeter großen Zelle in dem Flügel, in dem Ersttäter und verurteilte Sexualverbrecher untergebracht waren, befanden sich, mich eingeschlossen, zehn Gefangene. Gleich bei meiner Ankunft hatte einer von ihnen, der Schmächtigste, mir sein Bett mit Gardine und Ventilator überlassen.

»Sie müssen die Unterbringung in diesem Trakt als Privileg betrachten«, hatte Dr. Moreira Mendes, mein Anwalt, zu mir gesagt.

Ihm zufolge beherbergten Zellen der gleichen Größe in den anderen Gebäuden dreißig Gefangene oder mehr, eine gewalttätige Menschenmasse aus Drogendealern und Mördern, die von anderem Kaliber waren als meine Zellengenossen. Korrupte Politiker, ehemalige Direktoren von Staatsbetrieben, Geldwäscher und Steuerhinterzieher – solche Leute wären in den anderen Gefängnisflügeln umgebracht oder zu Sexsklaven gemacht worden. In jenen Zellen würde auch ich nicht überleben, hatte Dr. Moreira Mendes mir versichert. Deshalb war ich in diesem Trakt von einer zahmen Herde umgeben.

Erst später erfuhr ich, dass ich all das, einschließlich der Koje mit Gardine, meiner Schwiegertochter Bárbara zu verdanken hatte. Als Abteilungsleiterin eines großen Telekommunikationsunternehmens hatte sie ein gutes Netzwerk, wie Helena mir erklärte. Zufällig hatte sie mit dem Vorgesetzten des Vorgesetzten des Leiters der Haftanstalt, in der ich einsaß, zu

Abend gegessen. Mit dem Chef der Chefs. Meiner Rechnung nach musste es der Gouverneur gewesen sein. Ich sah die Szene in seinem Palast vor mir. Falls mein Schwiegervater von Ihren Kriminellen umgebracht werden sollte, hatte sie vermutlich gesagt, setze ich meine gewissenlose Journalistenmeute auf Sie an. Ich ziehe Ihnen das Fell über die Ohren. Mache Hackfleisch aus Ihnen. Zur besten Sendezeit. So stellte ich mir die Szene vor. Ich weiß nicht warum, aber mir wurde ganz warm ums Herz bei dem Gedanken, dass meine Familie den Staat erpresste.

Wegen der vielen Reportagen kannten mich alle. Das sagte ich Dr. Moreira Mendes an diesem Morgen, als wir uns im Sprechraum trafen. Ich fragte ihn, wann ich mit der Presse reden könnte.

Nachdem er die mitgebrachte Akte aufgeschlagen und einige Blätter daraus auf dem Tisch, der uns voneinander trennte, ausgebreitet hatte, erklärte er mir, dass das im Moment nicht vorrangig sei.

»Sie müssen verstehen«, sagte er, »wir haben die öffentliche Meinung nicht auf unserer Seite. Man wird in einem eventuellen Interview nicht nett zu Ihnen sein.«

»Und Bárbara?«

»Was ist mit Bárbara?«

»Kann sie nicht jemanden auswählen, der auf unserer Seite steht?«

»Wozu?«

»Um mich zu interviewen.«

»Was wollen sie diesen Leuten denn sagen?«

»Dass ich meinen Nachbarn nicht getötet habe. Jedenfalls nicht absichtlich. Er ist gefallen.«

Er seufzte und trommelte mit den Fingern auf dem Tisch.

»Ich will Ihnen mal was sagen«, verkündete er. »Alle neun Minuten wird in Brasilien ein Mensch umgebracht. Nicht einmal sämtliche Fanatiker, Regierungstreuen und Aufständischen in Syrien zusammen schaffen es, unsere Mordstatistiken zu überbieten. Und wissen Sie, welches Interesse die Presse an diesen Verbrechen hat? Gar keines.«

Er erklärte, wenn ich schwarz und arm wäre oder wenn mein Nachbar schwarz und arm wäre, würde kein Hahn nach der Sache krähen.

»Was eine Tat für die Presse unseres Landes schmackhaft macht, ist die soziale Schicht, aus der das Opfer oder der Täter stammen. So wie in Ihrem Fall. Und wissen Sie, was man Sie fragen wird? Wie Sie die Leiche Ihres Nachbarn zweigeteilt und wie Sie ihn durch den Flur geschleift haben, ob an den Haaren oder an den Ärmeln, ob Sie ein Messer oder eine Säge verwendet haben, ob Sie vorhatten, ihn in einem flachen Grab in Mogi das Cruzes zu verbuddeln, oder ihn in einem Bottich mit Säure auflösen wollten. Sind Sie bereit, all diese Fragen zu beantworten?«

Es lag etwas Lehrerhaftes und Ironisches in seinem Tonfall, das mich dazu veranlasste, ihn von nun an im Geiste Dr. Odiável, den Hassenswerten, zu nennen. Ich bestand auf dem Kontakt zu den Journalisten und erklärte, mir sei wichtig, meine Version der Tatsachen zu schildern.

»Er hat nicht ganz unrecht«, erklärte mir später Doni, einer meiner Zellengenossen, ein Fachanwalt für Steuerbetrug. »Er wollte dir nur klar machen, dass sich alles mit der Logik von Angebot und Nachfrage zusammenfassen lässt. Die Armen töten und sterben in industriellem Ausmaß, und dieses große Angebot an Verbrechen weckt bei den Medien keinerlei

Neugier. Aber in der Mittelschicht ist das anders. Wir töten weniger und sterben seltener. Unsere Verbrechen sind sozusagen Luxusartikel. Da wollen die Journalisten, wenn wir töten und sterben, ihre Gelegenheit nicht verpassen. Außerdem sind wir als Produkt besser verkäuflich. Wir sind diese Leute mit einem Ausweis für den Stadtteilverein, die eine Welt bevölkern, die nicht rund ist, sondern quadratisch, und zwar überaus quadratisch, in der alles hübsch gestutzt und abgezählt, geregelt, getestet und genehmigt ist, Leute, die in kleinen Kästen leben, Leute, die unterrichten, lochen und stempeln, die bestätigen und unterschreiben, Leute, die sonntags Hähnchen grillen, die stets zur selben Uhrzeit aufstehen, um einem im Voraus festgelegten Trott zu folgen und nicht, um den Stiefsohn vom Balkon zu stoßen oder den lärmenden Nachbarn zu töten.«

So konnte man die Dinge natürlich auch sehen. Aber bei meinem Anwalt hatte ich einfach nur das Gefühl, dass er mich auf den Tod nicht ausstehen konnte.

Es gab ein wichtiges Detail, das er nicht berücksichtigte.

»Ich habe den Mann nicht getötet«, wiederholte ich mehr als einmal. Um als Mörder abgestempelt zu werden, hätte ich die Tat begangen haben müssen. Eine Leiche im Koffer reichte nicht, um aus mir einen Killer zu machen. Mich meines Nachbarn als bereits toter Materie zu entledigen, war eine Sache, sein Leben zu beenden, eine völlig andere. Das hatte ich nicht getan, denn im Wesentlichen bin ich ein ehrlicher Bürger. Doch nach der Meinung von Dr. Odiável würde nichts von alledem eine Hilfe bei meiner Verteidigung sein. Erstens, weil es schwirig wäre, meine Unschuld zu beweisen, und zweitens, weil ich die Leiche geschändet hatte.

»Sie haben ihn wie ein Schwein zerlegt«, sagte er.

»Er war bereits tot«, wollte ich schon antworten, doch im selben Augenblick machte sich ein diffuses Gefühl in mir breit, so als ob ich mich plötzlich geschlagen geben würde oder als ob das Problem mit dem Anwalt ein linguistisches wäre. Er verstand mich nicht und ich ihn nicht. Wir sprachen nicht dieselbe Sprache.

»Es wäre nicht klug, bei unserer Verteidigung Notwehr als Argument anzuführen«, sagte er. »Aber ich bin in der Rechtsprechung auf einen interessanten Fall gestoßen.«

Und dann erzählte er mir die Geschichte von einem Kindermädchen, das einen Schützling getötet hatte. Die psychiatrische Untersuchung der Frau hatte ergeben, dass sie durch die Tonfrequenz des Kindergeschreis einen epileptischen Anfall erlitten hatte.

Er sprach schnell und wirkte aufgeregt, und ich fühlte mich ein wenig erschöpft. So wie er es schilderte, schien alles ganz einfach zu sein. Er würde bei Gericht einen Antrag auf ein psychiatrisches Gutachten stellen, so dass ich selbst im Falle einer Verurteilung in die forensische Psychiatrie käme. Dort müsste ich aber nur für kurze Zeit bleiben, denn er würde sogleich dafür sorgen, dass ich in eine Privatklinik verlegt würde und dann zu Helena nach Hause käme. Er fragte, ob mir seine Strategie zusagte.

Ein wichtiges Detail war mir noch aufgefallen: »Ich bin kein Epileptiker. Mein Fehler war, dass ich die Fußmatte weggezogen habe.«

Meine Kommentare brachten ihn zur Verzweiflung, das war klar.

Zweifellos sei Senhor Ypsilon wegen mir gestorben, räumte ich ein. »Aber ich hatte nicht die Absicht, ihn zu töten.«

Er winkte verächtlich ab.

»Das steht hier nicht zur Debatte. Worin besteht für Sie das Problem, wegen Schuldunfähigkeit verurteilt zu werden?«

Er hatte Recht. Es war überhaupt kein Problem, ich versuchte lediglich, bei den Tatsachen zu bleiben.

»Sie selbst haben mir doch gesagt, dass Ihr Gehör weniger empfindlich ist, seit Sie im Krankenhaus die Medikamente zu nehmen begonnen haben, oder etwa nicht?«, fragte Dr. Odiável.

»Ist das ein Anzeichen von Epilepsie?«

»Lassen Sie mich die Frage anders stellen: Möchten Sie lieber als Monster oder als Verrückter betrachtet werden? Niemand wird freigesprochen, der eine Säge benutzt, um ...«

Ich ließ ihn den Satz nicht beenden. »Müssen wir in der Verhandlung diese Einzelheiten erörtern?«

»Welche Einzelheiten?«

»Die praktischen und technischen.«

Mir war so, als wenn er ein Lachen unterdrückte. Während er seinen Papierkram zusammenräumte und wieder in der Aktenmappe verstaute, erklärte er, Epilepsie, ausgelöst durch Tonfrequenzen bei einem Patienten mit einer stressbedingten Krankengeschichte, sei das Beste, was wir hätten und es wäre gut, wenn ich dem zustimmen würde.

»Der Umstand, dass Sie Lehrer sind, ist in Bezug auf den Stress sehr hilfreich.«

Ehe ich mich von ihm verabschiedete, fragte ich ihn, ob er die Anschrift der Freundin meines Nachbarn herausfinden könne.

»Wozu?«

Ich erklärte ihm, dass ich ihr gerne schreiben und ihr anbieten wolle, ihr mit dem Kind zu helfen.

»Wenigstens finanziell.«

»Das läuft unserer Verteidigungsstrategie zuwider«, sagte er. »Wie können Sie etwas bereuen, das Sie im Zustand der Schuldunfähigkeit getan haben?«, erkundigte er sich.

Ich weiß nicht warum, aber der Gedanke an die nun allein dastehende Frau, an das vaterlose Kind, an die beiden zusammen, wie sie in den kommenden Jahren in der Küche sitzen und schweigend zu Mittag essen würden, erfüllte mich mit Traurigkeit. Aber das sagte ich ihm nicht.

Ein Mann, der in mir einen Schlächter sah, konnte nicht mein Anwalt sein.

3

Beigefarbene Anstaltskleidung, drei Mahlzeiten pro Tag, Hofgang in der Sonne am Vormittag, Insekten in der Zelle, hin und wieder Streitigkeiten. Niemand sang; das Singen hatten die Gefangenen selbst verboten, was ich für eine intelligente Vorschrift hielt. Auch Pfeifen war nicht erlaubt. Ab und an starb jemand in unserem Flügel oder wurde in die Isolierzelle gebracht. So sah unsere Wirklichkeit aus.

Doni sagte: Leben ist Scheiße, Leben ist Einsamkeit, Leben ist Strafe, Leben ist Trübsal, Leben ist Rache, Leben ist Trauer. Aber das Leben im Gefängnis war für ihn kein Leben, sondern bloß tote Zeit. Eine Leerstelle. Eine Lähmung, die lediglich Zombies und noch mehr Leichen produzierte.

Was die Menschen dort aber wirklich verrückt machte, war der Gedanke, dass sie bald wieder freigelassen würden. Alle, die kamen, mich eingeschlossen, erlagen in den ersten Tagen dieser Illusion. Selbst wenn man auf frischer Tat ertappt wird, ist das Gefühl, in einer Zelle eingesperrt zu sein, immer das gleiche, nämlich dass es sich um ein Versehen handelt und dass man dort nicht hingehört. Anfangs klammern sich die Menschen voller Elan an den Gittern fest. Sie setzen sich nicht einmal hin. Bei mir war es so. Doch dann kommt der Moment, in dem man begreift, dass es nichts Vorübergehendes ist. Man wird deprimiert, man begehrt auf. Aber auch das geht vorbei.

Wichtig ist, eine Strategie zu haben, um die Zeit totzuschlagen, hatte Doni mir gleich in den ersten Tagen gesagt. Er las.

Viele rauchten Haschisch und boten mir sofort einen Joint an. Ich probierte ihn auch. Aber ich überschlug, dass die für mich notwendige Menge, um das rebellische Tier in mir zu besänftigen, sehr hoch sein müsste und dass es zu riskant wäre. Derselbe Gefängniswärter, der einem die Drogen verkauft, steckt einen, wenn er einen schlechten Tag hat, in die Isolierzelle. Wegen eines Joints.

Schließlich entwickelte ich meine eigene Überlebenstechnik. Nach zehn Uhr abends, wenn die Lichter ausgingen und Stille im Bau einkehrte, eine feuchte, organische, eine lebendige Stille wie die des Urwalds, schloss ich die Augen, versenkte mich in die Tiefe meines Inneren und grub mich lebend dort ein. Und verschwand. Häufig sah ich mich zum Bäcker gehen, wie ich es allmorgendlich getan hatte, um frische Brötchen zu holen. Ein kurzer Fußweg von zwei Häuserblocks unter dem farblosen Himmel der Stadt, auf dem ich an einem kleinen Platz vorbeikam, der von einem hundert Jahre alten Feigenbaum beherrscht wurde, dessen Wurzeln das Pflaster ringsherum hatten bersten lassen. Bewundernd betrachtete ich sein wie ein aggressiver Krebs in den Himmel ausgebreitetes Astwerk. Bei anderen Gelegenheiten machte ich mir ein Bier auf und trank es langsam und genüsslich Schluck für Schluck zu Hause im Wohnzimmer, während Marta unser Abendessen zubereitete. Manchmal lieh ich mir auch ein Fahrrad, fuhr in der Serra da Cantareira auf einem Waldweg durch das dichte Gehölz und sog den schattig feuchten Geruch der Tropenbäume ein. Am Ende des Ausflugs, wenn die Hitze sehr groß war, schwamm ich im See und ließ mich anschließend im Gras von der Sonne trocknen. Es ist wirklich unglaublich, wozu unser Geist imstande ist. Wer seine Phantasie zu nutzen versteht, kann die Realität ignorieren wie einen schlechten Film. Zu bestimmten Anlässen hatte ich Lust, Marta von der Arbeit abzuholen, aber dafür musste ich weiter ausholen und zurückkehren in eine Zeit, als wir jung waren und gerne Hand in Hand liefen. Heute gehen wir ins Kino, sagte ich einmal zu ihr. Es gelang mir, den Film von vorne bis hinten im Kopf zu rekapitulieren. *Außer Atem* war sein Titel. Ich hatte also immer etwas vor. Das ist der Vorteil unserer Phantasie. Sie ist unerschöpflich. Und wenn man, so wie ich, Medikamente einnimmt, um den Körper ruhig zu stellen, umso besser. Wochenende in Rio de Janeiro, Besuch im Jockey-Club. Treffen mit Prominenten. Ich dachte mir sogar eine Interviewsendung aus, sie hieß *Eingeschlossen*. Der Gast wurde von einem Gefangenentransporter in Handschellen für ein halbstündiges Live-Interview zu mir in die Zelle gebracht. Es gab eine ewig lange Liste von Personen, die ich interviewen wollte, und ich zwang mich, sie in alphabetischer Reihenfolge auswendig zu lernen. Nicht immer waren meine Interviewpartner Personen, die ich bewunderte. Ganz im Gegenteil, es kam häufig vor, dass ich verabscheuungswürdige Menschen einlud. Leute vom Fernsehen zum Beispiel, die ständig schrien. Moderatoren und Sportkommentatoren. Journalisten. Warum schreien Sie so, wenn Sie auf Sendung sind? Werden Sie geschult, um so zu schreien oder haben Sie eine natürliche Gabe zur Hysterie?, fragte ich. Haben Sie schon mal versucht, ein Tor oder den Sieg bei der Formel 1 zu verkünden, ohne zu schreien? Die Möglichkeiten waren so zahlreich, dass ich meiner Sendung immer häufiger einen Teil meiner Nachmittage widmete, besonders wenn die anderen zum Hofgang in die Sonne hinaustraten und es ruhig war in der Zelle.

An jenem Samstag aber lag Spannung in der Luft, so dass ich niemanden interviewen konnte. Vor dem Besuchstag war es immer schwierig. Alle machten sich Sorgen wegen der langen Schlangen und der Durchsuchungen samt der Erniedrigungen, die die Angehörigen dabei über sich ergehen lassen mussten. Ich für meinen Teil wusste, dass ich mir deswegen keine Sorgen machen musste. Meine Tochter war mit einer Spezialistin im Vordrängeln verheiratet. Das war in der Tat einer der Vorzüge von Bárbaras Arbeit. Für Leute, die in Brasilien bestimmte Funktionen innehaben, existieren keine Schlangen, und an jenem Sonntag war Helena vor allen anderen da, ausgeruht und gutgelaunt. Ihre von einem khakifarbenen Hosenanzug noch betonte Schönheit passte ebenso wenig zu dem Ort, wie der Tod und das Mädchen zusammenpassen. Bárbara neben ihr trug einen schwarzen Kittel mit großen knallroten Punkten und eine ebenso gemusterte hautenge Hose. Ohne diesen exzentrischen, eher für einen Clown geeigneten Aufzug hätten ihre dicken Beine und ihr massiger, kegelförmiger Leib weitaus weniger Aufmerksamkeit erregt.

An den Tischen ringsherum war der Lärm immens. Die Menschen, vor allem die Frauen, redeten laut, und das lenkte mich ab.

Helena war konsterniert, als ich sie fragte, ob die Möglichkeit bestehe, den Anwalt zu wechseln. Sie erklärte, sie habe bereits viel Geld für den Anwalt ausgegeben und könne keinen anderen beauftragen.

Als ich sagte, dass ich Donis Worten zufolge Anspruch auf einen Pflichtverteidiger hätte, wurde sie noch unwilliger.

»Dann frag doch diesen korrupten Gauner, diesen kleinen Haifisch, der vergangenes Jahr jeden Tag in den Schlagzeilen stand, warum er seinen sündhaft teuren Anwalt nicht gegen einen Pflichtverteidiger eintauscht.« Helena konnte Doni auf den Tod nicht ausstehen. »Wo ist das Problem bei Dr. Moreira Mendes?«

»Ich habe das Gefühl, er glaubt mir nicht«, antwortete ich.

»Er braucht dir nicht zu glauben. Er soll dich verteidigen, mehr nicht«, erwiderte sie.

Wenn es ihr nur darum ging, dann war die Sache für mich erledigt. Ich hasste es, Helena zu verstimmen.

»Einverstanden«, sagte ich, aber sie nahm Dr. Odiável und seine Strategie weiter in Schutz. Für die Justiz seien die Beweise das Wichtige, erklärte sie, und für den Streit zwischen mir und meinem Nachbarn gebe es nun einmal Beweise. Er hatte zehn Tage vor seinem Tod bei der Polizei Anzeige gegen mich erstattet.

»Wusstest du das?«

»Dr. Moreira Mendes hat es mir erzählt.«

Und dann war da noch der Obduktionsbericht, demzufolge im Bein meines Nachbarn eine Kugel gefunden worden war, abgesehen von den Hämatomen am Kopf und am Arm, die belegten, dass vor dem Tod eine körperliche Auseinandersetzung stattgefunden hatte. All das verkompliziere meinen Fall sehr, sagte sie. Ganz zu schweigen von dem Mann vom Schlüsseldienst, bei dem ich den Nachschlüssel für die Wohnung meines Nachbarn hatte anfertigen lassen, ein weiterer handfester Beweis gegen mich. Der Mann war, nachdem er in den Nachrichten von meiner Verhaftung erfahren hatte, aus freien Stücken zur Polizei gegangen. Helena fügte noch hinzu, dass Dr. Moreira Mendes all das prüfe, vor allem auch die Möglichkeit, die Auswirkungen der derzeitigen Lage der Lehrer – eine explosive Mischung aus Beschimpfungen, Schikanen, physischer Gewalt und Todesdrohungen – auf meine psychische Verfasstheit mit zu berücksichtigen, da in letzter Zeit bei etlichen Lehrern Probleme wie Depressionen, Paniksyndrom oder noch Schlimmeres auftraten.

»Begreifst du jetzt, dass wir Dr. Moreira Mendes brauchen?«

Das Gespräch ging mir allmählich auf die Nerven.

»Woher kennst du den Gouverneur?«, fragte ich Bárbara, um das Thema zu wechseln.

Lächelnd erwiderte sie, sie kenne den Gouverneur nicht.

Dann schwiegen wir alle drei. Ich wäre gerne zurück in meine Zelle gegangen, aber sie rührten sich auch ohne Gesprächsstoff nicht vom Fleck. Ich hatte mir geschworen, es nicht zu tun, aber ich konnte mich nicht beherrschen.

»Wie geht es deiner Mutter?«, fragte ich.

»Gut. Sie arbeitet viel«, antwortete Helena.

»Ich würde mich freuen, wenn sie mich besuchen käme«, sagte ich.

»Im Ernst?«

»Ja«, wiederholte ich zögerlich.

Helena lächelte.

»Aber ohne den Schwarzen«, fügte ich hinzu.

Helena bat mich, den Freund ihrer Mutter nicht länger so zu bezeichnen.

Ich fragte, wie ich ihn dann bezeichnen sollte, und sie antwortete, ohne zu überlegen, als »Afroamerikaner«.

Bevor sie ging, änderte sie ihre Meinung.

»Er heißt Rodrigo. Bitte nenn ihn Rodrigo.«

4

Er, der Arzt, würde fragen: Was haben Sie in Bezug auf Senhor Ypsilon empfunden?

Und ich würde wie aus der Pistole geschossen antworten: Hass. Aber es war kein echter, kein elementarer Hass, würde ich erklären, sondern ein biologisches, durch Enzyme hervorgerufenes Phänomen.

Daraufhin der Arzt: Sprechen wir also von chemischem Hass?

Ich: Ganz genau. Von unfreiwilligem Hass. Senhor Ypsilon übte große Macht über mein limbisches System aus. Seine Geräusche weckten in meinem Gehirn unerwünschte und gefährliche Synapsen. Konkret gesagt, besaß er den Schlüssel, um in meiner Gemütsverfassung einen Kurzschluss zu erzeugen. Insofern handelte es sich nicht um ein echtes Gefühl. Ich dachte an Senhor Ypsilon nicht wie an ein menschliches Wesen.

Und der Arzt würde fragen: Nicht? Wie dachten Sie dann an Ihren Nachbarn?

Ich würde antworten: Wie an einen Gegenstand. Einen Verursacher unterschiedlicher überflüssiger Geräusche. Ohne Inhalt.

Er: Wie an ein Radio?

Ich: Nein. Wie an eine Waffe. Ich fühlte mich von ihm bedroht.

Ich war tatsächlich beeindruckt von der Lektüre meiner Hausaufgaben. Den Informationen und wissenschaftlichen

Studien zufolge, die Dr. Odiável mir mitbrachte, und auch meinen eigenen Erfahrungen nach war Lärm ein wahrer Nährboden für die Erzeugung von Gewalt. Es gibt nirgendwo mehr Stille, denn heutzutage ist Stille ein Produkt für die Reichen, würde ich dem Arzt sagen. Unerwünschte Geräusche unterschiedlicher Art aktivieren über chemische Reaktionen elektrische Mechanismen, die unser Gehirn dazu anregen, negative Gefühle zu entwickeln. Giftige Schallwellen zerstören unser Einfühlungsvermögen. Verändern unsere Haltung. Lassen uns die Zähne fletschen. Das war mir widerfahren.

Und ich würde hinzufügen: Wir, die Mittelschicht, die Armen, die wir der enormen Lärmverschmutzung der Städte und der akustischen Hysterie der Massenkultur ausgesetzt sind, laufen Gefahr, uns in die Herde des Bösen zu verwandeln. Die Klanghölle der Welt macht aus uns echte Todesmaschinen. Wir sind eine Gefahr für die Gesellschaft und für uns selbst.

Und ich könnte ihm außerdem noch eine Lektion über den Orbitallappen, den Mandelkern, den Hypothalamus und andere Teile unseres Wutsystems erteilen.

Vielleicht würde er wissen wollen, wie ich mit dem Lärm im Gefängnis zurechtkam. In dem Falle würde ich als Argument anführen, dass, wenn es schon der Physik noch immer nicht gelungen sei, die Stille neu zu erfinden, wir zum Glück wenigstens auf die Hilfe der Chemie zählen könnten. Meine Medikamente, würde ich sagen, funktionieren wie Schalldämpfer.

Seit mein Anwalt mir die Begutachtung durch einen Psychiater bestätigt hatte, übte ich im Geiste die Antworten ein, indem ich meine persönlichen Theorien zum Lärm mit dem Material von Dr. Odiável verband. Der Besuch war vom Richter genehmigt und vom Direktor der Haftanstalt anberaumt worden. Dr. Odiável hatte mir eingehämmert, wenig zu reden und wissenschaftliche Fragen nicht anzusprechen, doch ich war anderer Ansicht. Wozu las ich denn all die Artikel und Studien, die er mir gab?

Die mentale Vorbereitung auf den Termin versetzte mich in ängstliche Besorgtheit. Doni half mir, indem er mich zwang, mit ihm in die Gefängnisbibliothek zu gehen.

»Meine Medizin gegen Angst ist die Literatur«, sagte er. »Lies weniger wissenschaftliche Texte und mehr Literatur.«

Es gab nicht allzu viele interessante Titel, und so nahm ich schließlich einen Gedichtband von Edgar Allen Poe mit.

Bevor ich verhaftet wurde, hatte ich nie Lyrik gelesen. Gedichte waren für mich wie Sternfrüchte, eine Obstsorte, an die man im Traum nicht denkt. Uns gelüstet es nach Mangos. Oder nach Trauben. Aber niemand kommt auf die Idee zu sagen: Mir ist nach Sternfrüchten, obgleich sie vollkommen sind, geschmacklich ebenso wie ästhetisch.

Von nun an schleppte ich Poe überall mit hin. Sogar auf den Hofgang. Ich verstand zwar nicht jedes Wort, aber das gehört, wie ich sogleich begriff, zum Genuss dazu. Ich bin sicher, dass das Nichtverstehen ein ebenso grundlegendes Element der Poesie ist wie Kaliumbromat für das Brot im Gefängnis.

Ich lernte eines der Gedichte auswendig, um bei der psychiatrischen Begutachtung zu zeigen, dass mein Gedächtnis in hervorragendem Zustand war.

»Das ist keine gute Idee«, befand Dr. Odiável. Keiner meiner Vorschläge fand seine Zustimmung.

Die Untersuchung war für einen Dienstagvormittag anberaumt worden. Man brachte mich in Handschellen hin. Es war das erste Mal seit meiner Verhaftung, dass ich das Gefängnis verließ. Es war befremdlich. Alles kam mir irgendwie künstlich vor, so als wäre die Wirklichkeit eine Telenovela und ich eine neue Figur ohne Dreherfahrung in der Handlung. Dieses Mal war ich nicht nett zu den Journalisten, die mich im Krankenhaus erwarteten. Ich ignorierte ihre Fragen und senkte den Kopf, so wie Dr. Odiável mir geraten hatte.

Die Befragung durch die Psychiaterin war, anders als ich angenommen hatte, sehr anregend.

Ihr Name war Ana, und ihr gefiel es, als ich zu Dr. Odiávels Leidwesen deklamierte:

Tod war in der finstern Schluft,
In giftgen Wellen eine Gruft
für den, dess' einsam Phantasiern
Trost empfing nach langem Irrn,
dess' öd verlassne Seele fand
ein Eden dort im düstern Land.

Sie wollte sogleich wissen, wer sich in der Gruft befand, was die Wellen bedeuteten und was das für einsame Phantasien waren.

Ich erklärte: Bei Lyrik liege der poetische Genuss im Erahnen, im Vermuten. Verständliche Lyrik sei keine Lyrik, sondern so poetisch wie ein Beipackzettel. Der Sinn von Poesie liege in dem, was die Worte nicht ausdrücken. Dementsprechend könne Lyrik die Funktion von einer Art Religion für Atheisten erfüllen, fügte ich noch hinzu.

So begann unser Gespräch. Ana war auf eine Art und Weise hübsch, wie nur intelligente Frauen es zu sein vermögen. Unaffektiert, authentisch. Eine reingewaschene, ungeschminkte

Schönheit. Sie trug Sneakers und unter dem Arztkittel Jeans. Im Gegensatz zu Marta entstellte der Kittel sie nicht. Ihre Jugend verlieh ihm Stil.

Ich war erstaunt festzustellen, dass die Begutachtung auch eine physische Untersuchung mit vielen Messungen und Elektroenzephalogrammen einschloss. Auf einem Blatt Papier notierte sie in Kästchen Zahlen, neben denen ich mit einem Blick Worte und Ausdrücke mit stark poetischem Gehalt erhaschen konnte, Längendurchmesser, Transversalschnitt und Jochbeinschnitt. Ich wusste nicht, dass unsere Durchmesser von so großer Bedeutung für unseren Geist sind, sagte ich.

Sie fuhr mit den Fingern über meine flache Nase und meine wulstigen Augenbrauen, besah sich meine rechte und dann meine linke Gesichtshälfte, leuchtete mir in die Augen, schauen Sie bitte hierher, sagte sie, jetzt nach dort, strecken Sie bitte die Zunge heraus. Ich sah, wie sie ›gewölbte Zunge‹ notierte.

Ich hatte gedacht, sie würde mich, ebenso wie der Richter, sofort das tragische Ereignis schildern lassen, aber ich lernte, dass Psychiater reizvoller sind als Richter. Zumindest im Gespräch. Routiniert fasste sie meine Antworten zusammen: 54 Jahre alt, weiß, Brasilianer, verheiratet und so weiter und so fort. Sie wollte alles über mich wissen. Nervöse Mutter, gab ich an. Vater abwesend. Keine Krebserkrankungen in der Familie. Mütterlicherseits ein Onkel, der Selbstmord begangen hatte.

Lesen- und Schreibenlernen normal. Schulische Leistungen: gut und schlecht. Gelegentliche Kopfschmerzen.

»Stürze? Brüche?«

Sie ließ nichts aus. Messung der Handgelenke und des Hüftumfangs. Operationen? Blinddarmentzündung. Erbrechen, Herzklopfen. Keine Schmerzen im Bauch- oder Brustbereich.

Blähungen. Atemnot. Erster Geschlechtsverkehr. Venerische Krankheiten in der Jugend. Keine Syphilis. Gefühls- und Sexualleben. Eheleben.

»Warum haben Sie keine Kinder?«, fragte sie.

»Weil ich unfruchtbar bin«, erwiderte ich.

Es war anstrengend. Doch ehe ich in Begleitung der Wärter ihr Sprechzimmer verließ, forderte sie mich zu einem merkwürdigen Spiel auf.

»Ich nenne Ihnen ein Wort, und Sie sagen mir ein anderes, dessen Bedeutung dazu in Beziehung steht«, erklärte sie und begann:

»Buch.«

»Papier«, antwortete ich.

»Orange.«

»Säure.«

»Katze.«

»Tod.«

»Nacht.«

»Krach.«

»Metall.«

»Messer.«

Nachdem ich gegangen war und selbst noch nach der Verhandlung spielte ich dieses Spiel weiter, bei dem ein Wort das andere nach sich zieht und noch eines und noch eines, jedes mit seinem Klang, seiner Kraft und seiner Schönheit. Wenn man es recht bedenkt, ist ein solches Aneinanderreihen von Wörtern bereits eine Form von Poesie.

5

Die Begegnung mit Marta war wie eine in dem Sonntag versteckte Zeitbombe. Bereits am Donnerstag konnten Meditation und die Lektüre von Gedichten mich nicht mehr beruhigen.

Ich war verärgert, als ich am Besuchstag feststellte, dass Dr. Odiável vor ihr erschienen war.

»Bei der klinischen Untersuchung ist deutlich geworden, dass der Patient degenerative Merkmale mit vorübergehender Bewusstseinseinschränkung ohne völlige Aufhebung der Gedächtnisfunktion und ohne anschließende vollständige oder teilweise Amnesie aufweist. Er ist orientiert, mit kleinen Lücken in der Realitätswahrnehmung (...). In Anbetracht seiner Vorgeschichte ist es möglich, dass der Patient unter psychogener Epilepsie leidet, impulsbeherrscht ist und in seinem gewöhnlichen Verhalten eine atypische Aggressivität offenbaren kann.«

Dr. Odiável wollte nicht, dass ich das ganze Gutachten las.

»Wichtig sind lediglich die Antworten auf die Beweisfragen der Justiz«, sagte er und deutete auf den Anhang, der mir ebenfalls vorlag.

Ich hatte es eilig, ich wollte nicht, dass er noch da wäre, wenn Marta käme, und sie sollte auch keine Kenntnis von dem Gutachten erhalten. Diesem Besuch hatte ich sehr entgegengefiebert. Marta musste gewisse Dinge unserer Ehe verstehen, Dinge, die ich selbst erst im Gefängnis hatte begreifen können.

Ich war mir nicht sicher, ob sie meine Einladung freiwillig

angenommen hatte. Vielleicht war sie von Helena dazu gedrängt worden, mich zu besuchen. Marta war zu vielem imstande, einschließlich dazu, mich auf die Art und Weise zu verlassen, wie sie es getan hatte, aber sie würde sich niemals einem Befehl ihrer Tochter widersetzen.

Und als sie dann erschien, in einem neuen gelben Kleid, mit einer neuen Haarfarbe, neu geschminkt, eine neue Marta mit einer Tüte und einem beim Bäcker gekauften Kuchen darin, der von der Sicherheitsüberwachung in einen Haufen Krümel verwandelt worden war, verspürte ich eine große Zärtlichkeit für sie. Ich stellte ihr Doni vor, meinen einzigen Freund im Gefängnis, der sich zwar gemeinsam mit einigen in den letzten Jahren verhafteten Politikern durch Veruntreuung staatlicher Gelder bereichert hatte, aber dennoch ein sehr wertvoller Mensch war.

Mir entging nicht, dass Marta angespannt war. Abwesend. Sie blickte sich nach den anderen Häftlingen im Sprechraum um, wie vielleicht der durchschnittliche Amerikaner aus Texas einen Mexikaner ansieht, der gerade illegal über die Grenze gekommen ist.

Und als ich meine Hände auf ihre legte, zählte sie vermutlich innerlich bis zwei, ehe sie sie zurückzog.

Zur Ablenkung fragte ich nach unseren Freunden und verbesserte mich sogleich.

»Deine Freunde. Ob es auch meine sind, weiß ich eigentlich nicht«, bemerkte ich. »Ich glaube, sie mögen mich nicht, denn seit ich hier bin, habe ich keinen Besuch bekommen. Aber ich mochte sie auch nicht. Ich glaube, nicht mal du mochtest sie. In Wirklichkeit hatten wir keine Freunde.«

Das sagte ich zu ihr.

»Kennst du ein Ehepaar ohne Freunde?«, fragte ich und meinte uns. »Du warst meine einzige Freundin.«

Zum Zeichen ihrer Unruhe hämmerten ihre flachen Schuhe rhythmisch auf den Boden.

Ich fragte sie, ob sie mir glaube, dass ich unseren Nachbarn nicht getötet hatte.

»Ja«, antwortete sie wenig überzeugend.

»Und weißt du, warum ich es getan habe?«

»Müssen wir unbedingt über dieses Thema sprechen?«

»Es ist wichtig, dass du es weißt. Weißt du es?«

»Ich bin mir nicht sicher, ob ich deine Frage verstanden habe.«

»Weißt du, warum ich unseren Nachbarn in zwei Koffern verstaut habe, nachdem er aus Versehen gestorben ist?«

»Ich verstehe nur nicht, warum du nicht sofort die Polizei gerufen hast.«

»Unseretwegen. Ich wollte unser Leben nicht kaputt machen.«

»Unser Leben war bereits kaputt.«

»Ich wollte dich nicht enttäuschen. Weder dich noch Helena.«

»Was soll ich dazu sagen? Jetzt sitzen wir hier. Ich weiß nicht, was ich sagen soll.«

Mir war klar, es gab keine Möglichkeit der Versöhnung. Hast du gepupst? In dem Moment musste ich an die Frage denken, die Marta mir so oft gestellt und die ich jedes Mal als Beleidigung aufgefasst hatte, denn sobald sie im Auto, zu Hause oder im Supermarkt einen unangenehmen Geruch bemerkte, machte sie sogleich mich dafür verantwortlich. Manchmal, wenn ich konzentriert Klassenarbeiten korrigierte, stand sie plötzlich vor mir. Hast du gepupst? Im Kino: Hast du gepupst? Im Grunde war das bereits ein Zeichen. Welche Ehe überlebt dergleichen?

Ich wollte ihr sagen, dass der größte Fehler unserer Ehe ein Übermaß an Intimität gewesen war. Ein Mangel an Förmlichkeit. Unsere Freundschaft war ein Fehler gewesen. Mann und Frau können keine Freunde sein. Unsere Freundschaft war ein echter Liebeskiller. Wir hatten unsere Liebe durch unsere Freundschaft von innen heraus zerstört. Ich weiß nicht mehr, von welchem Zeitpunkt in meinem Leben an Sex mir nicht mehr wichtig war, erklärte ich.

»Aber auf einmal war es mir total peinlich, mit meinem zwischen den Beinen baumelnden Penis vor dir zu stehen. Die Vorstellung, ihn in dir zu benutzen, ihn in dich hineinzustecken, erschien mir plötzlich entwürdigend. Ich fand, dass dein Körper zu Höherem bestimmt war. Ohne Erotik wurden wir zu bloßen Hütern unserer Freundschaft degradiert. Wir wurden zu effizienten, gut zusammenarbeitenden Partnern. Denk ja nicht, dass das von mir stammt«, sagte ich. »Das sind nicht meine Gedanken, sondern die eines Dichters, den ich gelesen habe, dessen Name mir aber jetzt nicht einfallen will, weil ich nervös bin. Weil du hier bist. Weil ich so aufgewühlt bin, dass ich fast weinen möchte.«

Marta wirkte verloren in ihrem Kleid. Als wäre es eine Rüstung oder sie eine Figur, die dort war, um eine Rolle zu spielen.

Meine Frage, ob sie Rodrigo liebe, beantwortete sie schüchtern mit ja.

»Mach den Mund auf beim Reden«, befahl ich ihr in aggressivem Ton.

Erst da sah sie mir in die Augen. Sie sagte, es tue ihr sehr leid, aber sie werde Rodrigo heiraten. Es sei nicht ihre Schuld und auch nicht seine. Es sei eben passiert. So wie sich ein Sturm ereigne. Ihr wäre lieber gewesen, wenn sich die Dinge anders zugetragen hätten, es wäre ihr sogar lieber gewesen, wenn sie leiden müsste, statt die Ursache für meinen Verdruss zu sein. Ich sei ein guter, ein exemplarischer Ehemann gewesen – ausgenommen das, was ich mit unserem Nachbarn gemacht hatte – und hätte die Qualen, die sie mir bereite, nicht verdient.

In gewisser Weise sprach sie über das, was mit uns geschehen war, so, wie ich über das redete, was zwischen mir und Senhor Ypsilon vorgefallen war. Wie über einen Unfall. Einen Streckenfehler. Dem Fahrer war das Steuer entglitten, er war von der Straße abgekommen und hatte uns erwischt. Oder andersherum. Ich fuhr. Ein blitzartige Unaufmerksamkeit, und es krachte. Alles war vorbei. Welche Schuld haben wir? Weder sie noch ich hatten es vermeiden können.

Wir schwiegen, ich weiß nicht wie lange. Mir kam es vor wie eine Ewigkeit. Wenn man außer dem eigenen Herzschlag nichts als den regelmäßigen Rhythmus des eigenen Atems hört, begreift man, dass man allein ist.

Ohne mich auch nur zu verabschieden, bat ich einen Wärter, mich zurück in meine Zelle zu führen.

6

Härtetest. Wespennest. Warterest. Musikfest. Zukunftspest. Während ich im Treppenhaus zusammen mit dem Team von der Kriminaltechnik darauf wartete, dass die Arbeit beginnen konnte, reihte ich im Geist Wörter aneinander.

Die Motorräder draußen auf der Avenida brummten mir wie Fliegen in den Ohren.

»Sie können anfangen«, sagte einer aus dem Team.

Ich steckte den Schlüssel ins Schlüsselloch und öffnete die Tür zum Apartment meines Nachbarn.

Die Wohnung eines Verstorbenen zu betreten ist, als wollte man den Tod rückgängig machen, um auf seiner Kehrseite eine Spur Leben zu finden. Mir war schwer ums Herz, aber ich bemühte mich, zu tun, was die Techniker von mir verlangten, und denselben Weg zurückzulegen wie am Tag des Geschehens. Ich ging direkt ins Arbeitszimmer und erklärte, dass ich mich damals nicht in den Computer hatte einloggen können, weil er durch ein Passwort geschützt war.

»Dann haben Sie also zuerst die Waffe an sich genommen und dann nach Ihrer Katze gesucht?«, fragte der Kommissar.

Ich erwiderte, es sei genau andersherum gewesen.

Daraufhin wollte er, dass ich noch einmal von vorne begänne.

»Miezmiezmiez«, machte ich und ging langsam durch die Wohnung, damit der Fotograf, der mich begleitete, Zeit zum Dokumentieren hatte.

Sie bestanden darauf, dass ich alle meine Handlungen genauso wiederholte wie damals, und das versuchte ich auch. Ich nahm die Pistole an mich. Zog die Stiefel an. Steppte durch den Flur. Im Bad durchstöberte ich die Regalböden. Versteckte mich hinter der Tür. Schilderte die Schläge. Den Schuss aus der Pistole. Zeigte, wie ich die Matte weggezogen hatte und wie mein Nachbar zu Fall gekommen war.

»Warum haben Sie die Leiche im Schrank versteckt?«, fragte der Kommissar höflich.

»Ich dachte, dort sei er besser aufgehoben«, antwortete ich.

Ich bemühte mich bei meinen Antworten um Förmlichkeit, aber nicht immer war meine Wortwahl die beste. Tatsächlich war mir überhaupt nicht wohl in meiner Haut, vor allem, weil mein Anwalt mich gewarnt hatte, die Rekonstruktion müsse mit den Berichten aus der Ermittlungsakte und mit meinen früheren Aussagen übereinstimmen, und ich wusste nicht, ob mir das gelang. Bei der Schilderung des Unfalls erzählte ich manchmal etwas zuerst, das später kam, oder umgekehrt. Es war sehr heiß. Und alles wurde noch schlimmer, als sie eine Puppe in die Badewanne legten und von mir verlangten zu zeigen, wie ich Senhor Ypsilon die Beine abgesägt hatte.

»Warum grinsen Sie?«, fragte der Anwalt der Nebenklage, der bei der Nachstellung des Geschehens dabei war. Ich grinste nicht, ich versuchte lediglich, Haltung zu bewahren, während ich mit einem Lineal in der Hand, das sie mir anstelle der Säge gegeben hatten, dort hockte. Keinen einzigen Muskel im Leib hätte ich mehr anspannen können. Es war, als hätte ich das Maximum meiner Leistungsfähigkeit erreicht. Ich glaube, deshalb verhielt ich mich so. Mir war, als würde etwas in mir zerreißen. Ein merkwürdiges Geräusch entwich meinem Mund, und ich fiel schreiend zu Boden.

Es ist nicht meine Art, mich so aufzuführen. Ich wusste, dass nichts von alledem real war.

»Seine Nerven sind doch nicht aus Stahl«, sagte mein Anwalt. »Übernehmen Sie die Verantwortung, wenn mein Mandant in eine Psychose fällt?«, hörte ich ihn den Kommissar fragen.

Sie gaben mir Wasser zu trinken und setzten mich aufs Sofa.

Vor dem Haus warteten eine Menge Leute. Schaulustige und Journalisten. Ich konnte drei Plakate mit dem Wort »Gerechtigkeit« erkennen. Als ich schon im Begriff war, ins Auto zu steigen, schrie jemand »Aufhängen!«.

Während des Ermittlungsverfahrens wurde ich noch einige Male vernommen.

Es war nicht schlecht, an der Seite von bewaffneten Polizeibeamten im Gefangenentransporter durch die Stadt zu fahren. Zumindest war es ein Ausflug, dachte ich. Was mir zusetzte, war die Örtlichkeit. Das Gebäude der Staatsanwaltschaft. In mancher Hinsicht ähnelte es unseren staatlichen Schulen. Überall die gleiche graue Farbe. Die gleichen Ordner, aus denen das Papier quoll. Die gleichen Pförtner und Wachleute, dickbäuchig, unverdrossen, hausbacken. Der gleiche Muff. Die gleichen leblosen Flure. Und ab und an der gleiche Geruch nach aufgewärmtem Kaffee, der einem in die Nase stach. Nicht einmal die Schüler fehlten. Von Zeit zu Zeit sah ich, wie sie in Scharen eingeliefert wurden von irgendeinem Platz in der Umgebung, an dem sie den Tag mit Crackrauchen und Überfällen auf die Passanten verbracht hatten.

Am meisten jedoch beunruhigte mich der Anblick der cremefarbenen Aktendeckel, in denen sich überall an den Wänden unsere Verbrechen türmten. In gewisser Weise war es, als bestaunte man Hölle und Ewigkeit vereint wie Mann und Frau.

Und wenn unsere Dunkelziffern weiter anstiegen, wären in Kürze die ganze Stadt und ihre Mauern und ihre Häuser und ihre Bürgersteige lediglich Stützen für diese Stapel unterschiedlichster Straftaten, die sich vermehrten wie die Kanalratten.

Vor jeder neuen Vernehmung überschüttete mein Anwalt mich mit Vorsichtsregeln und Ratschlägen: Lassen Sie dies, vermeiden Sie jenes. Weichen Sie nicht den Blicken aus. Senken sie nicht den Kopf. Stottern Sie nicht.

»Es gibt eine spezielle Verhörpsychologie, eine enorme Vielfalt an intrapsychischen Signalen, die all diesen Leuten, den Ermittlungsbeamten, leitenden Kommissaren, Staatsanwälten und Sachverständigen als Nahrung dienen«, erklärte er. »Sie leben vom Nichtgesagten. Von dem, was uns entgeht. Von dem, was nur beinahe an die Oberfläche dringt.«

Meinem Anwalt zufolge war manchmal genau das, von dem ich annahm, es werde mir helfen, das, was mich um Kopf und Kragen bringen könnte. Und umgekehrt.

»Sie müssen immer daran denken: Unsere Hypothese lautet zeitweiliger Bewusstseinsverlust.«

Das war gar nicht so einfach. Wäre ich eine Stadt, würde man von punktuellem Ausfall der Stromversorgung sprechen. Die Richter mussten die gesetzlichen Bestimmungen im Einklang mit den Sachverständigengutachten anwenden. Es reichte nicht, dass ich an- oder abgeschaltet war. Man musste beweisen, dass meine Sicherungen schon vorher durchgebrannt waren.

Wir vergessen, was wir nicht erklären können. Wir vergessen, was in unseren Ohren grausam klingt. Wir vergessen, was uns absonderlich erscheint. Wir vergessen, was irrational ist. Ich musste mir meine eigenen Regeln schaffen, um die Verhöre zu überstehen.

Ich weiß noch, dass sie einmal, gleich nach der Rekonstruktion des Geschehens, von mir wissen wollten, wie ich Senhor Ypsilon bis zum Schrank transportiert hatte.

»Ich erinnere mich nicht«, sagte ich, darum bemüht, mich an meine Schilderung während der Rekonstruktion zu halten.

»Sie haben ihn an den Haaren gepackt und hingeschleift«, behauptete der Kommissar.

»Mein Mandant hat doch gerade gesagt, dass er sich nicht erinnert«, bemerkte Dr. Moreira Mendes.

»Wollen Sie tatsächlich, dass Ihr Anwalt für Sie antwortet?«, fragte mich der Kommissar, der bei den Worten die Augen verdreht hatte, als würde er Gott um Geduld bitten.

»Er ist mein Verteidiger«, erwiderte ich verwirrt.

»Sie sind Ihrem Mandanten nicht gerade eine Hilfe«, sagte der Kommissar zu Dr. Moreira Mendes, und dann stritten sie wieder miteinander. Die Beziehung zwischen den beiden war schon seit einiger Zeit alles andere als herzlich.

»Sie müssen wissen, dass das hier Ihre Chance ist, die Sachlage aufzuklären und sich zu verteidigen«, sagte der Kommissar in freundlichem Ton zu mir, bevor die Vernehmung wieder aufgenommen wurde.

Ich fühlte mich unwohl, weil ich ihm nicht antwortete, schwieg aber trotzdem weiter.

»Silva wog über achtzig Kilo«, fuhr er fort. »Es dürfte nicht leicht gewesen sein, seine Leiche vom Badezimmer in den Flur zu transportieren.«

Der Schweiß rann an mir unter dem Hemd bis zum Bund meiner Unterhose herunter und wurde dort aufgesogen. Ich starrte den Kommissar wortlos an.

»Sie haben ihn an den Haaren dorthin geschleift«, wiederholte er. Dann nahm er ein Blatt Papier vom Tisch und blickte einen Moment lang darauf, ehe er sagte: »In Anbetracht der Einblutungen an den Halsmuskeln des Opfers haben Sie Ihrem Nachbarn fast den Kopf abgerissen, als Sie ihn zum Schrank geschleift haben.«

»Er war bereits tot«, sagte ich.

»Haben Sie ihm den Puls gefühlt?«

Noch ehe ich ein Wort sagen konnte, hatte ich schon automatisch mit dem Kopf genickt.

»Sie können sich also nicht daran erinnern, dass Sie ihn dorthin geschleift haben«, sagte der Kommissar.

»Nein«, entgegnete ich in dem Versuch, meinen Fehler zu korrigieren.

Aber das Kind war schon in den Brunnen gefallen. Es folgten weitere drei Stunden Verhör.

Nach Beendigung der Vernehmung las mein Rechtsanwalt mir die Leviten.

»Ich habe Ihnen tausendmal gesagt, dass dieser Mann Sie aufs Glatteis führen würde«, erklärte er. »Das ist ihre Technik: Sie fragen einen tausendmal, auf tausenderlei Art und Weise, und Sie sind ihm in die Falle gegangen.«

Er beschwerte sich, dass ich meine Lüge offenkundig gemacht hatte. Dass all seine Mühe umsonst sei, wenn ich derartige Fehler beginge. Fehler wie dieser seien der Grund dafür, dass manche Mörder im Gefängnis vermoderten. Diesen Ausdruck gebrauchte er ständig. Im Gefängnis vermodern. Ich glaube, es war wirklich sein Lieblingsausdruck: im Gefängnis vermodern.

Es ist sehr schwierig, Angeklagter zu sein. Egal, wie kooperativ zu sein man sich anstrengt, an wie viel man sich erinnert oder wie viel man vergessen hat, ob man bereut oder bestreitet, behauptet, lügt, denunziert oder wiederholt. Ein Strafverfahren ist nicht wie ein Drama mit Anfang, Hauptteil und Ende, das hatte ich gelernt. Es ist auch nicht wie eine mathematische Gleichung, noch folgt es einem logischen Fluss. Es ist eher so etwas wie ein pflanzliches Gewebe, wie ein Unkraut, das ungeordnet wächst, nicht in die Höhe, der Sonne entgegen, sondern in die Tiefe, nach innen, in sich selbst hinein, in Kreisen, die einander überlagern und die sich verwickeln, bis sie zu einer Falle geworden sind.

7

»Du bist am L-Punkt des Verfahrens angekommen«, sagte Doni. Wir waren bei der Arbeit im Werkraum, wo wir Wasserhähne montierten.

Doni war der Leiter der Werkstatt, und seinetwegen hatte ich mich für die Tätigkeit beworben. Für drei Tage Arbeit würde meine Strafe um einen Tag verkürzt werden. Aber es gab für mich noch verschiedene andere Gründe, dort zu sein. Zum einen, weil die Gefangenen in der anderen Werkstatt kaputte Stühle reparierten. Stühle aus Schulen, in unbeschreiblichen Mengen. Es waren so außerordentlich viele, dass die dort mit dem Ausbessern des Holzes Beschäftigten auf die Idee kommen konnten, in den brasilianischen Lehranstalten lernten die Schüler hauptsächlich das Zertrümmern von Stühlen. Allein der Anblick stimmte mich traurig. Ein Mitgefangener, der seinen Bruder ermordet hatte, erzählte mir, an einem der Stühle habe er geronnenes Blut gefunden. Da war es doch sehr viel besser, Wasserhähne zusammenzuschrauben. Die handwerkliche Tätigkeit machte mein Leben im Gefängnis greifbarer. Ich liebe Routine.

»Jeder Beschuldigte befindet sich zunächst einmal in schwindelerregendem Fall«, fuhr Doni fort. »Das ist die vertikale Achse des L. Anfangs hat das Untersuchungsverfahren die Geschwindigkeit einer Lawine. Plötzlich finden die Sachverständigen und Ermittler alles heraus. Die Wahrheit springt ihnen schlichtweg auf den Schoß. Sie haben die Geldüberweisung, die Lebensversicherung, die Blutspuren, den zufälligen Zeugen – die Beweise gegen dich scheinen sich zu Bäumen auszuwachsen. Und dann, nachdem es ihnen gelungen ist, dich hier einzusperren, nachdem sie dir die Haftverschonung verweigert haben, kommst du auf die horizontale Achse des L. Das ist der schlimmere Teil. Wenn du ganz unten im Loch sitzt, stagniert die Sache. Und bleibt für lange, unbestimmte Zeit schlimm. In der Phase befindest du dich jetzt. Nichts passiert.«

Meine Zeit im Gefängnis verging nicht schneller als seine. Trotzdem kann ich behaupten, das Beste aus dem gemacht zu haben, was ich hatte. Ich glaube, dass kein Mörder oder Vergewaltiger in dem Trakt mehr Wasserhähne montiert hat als ich. Nicht einmal Doni. Auf diesem Gebiet habe ich ihn überflügelt. Egal, ob Wandhähne oder Küchenarmaturen, Fußboden- oder Standhähne, ich hatte für alle ein Händchen und begann schon bald, die Neulinge anzulernen.

Abends im Bett erfreute ich mich an dem Gedanken, dass meine Arbeit überall präsent war. Wie ein Musiker, dessen Stücke im Radio, im Auto, auf der Straße zu hören waren, konnte ich mir sicher sein, dass von mir zusammengeschraubte Wasserhähne in ganz Brasilien benutzt wurden. Allmorgendlich öffnete oder installierte irgendwer irgendwo im Land einen Wasserhahn, den ich montiert hatte. Nicht, dass das interessant gewesen wäre, aber zumindest war es, verglichen mit dem Lehrerberuf, eine produktive und friedliche Beschäftigung. Am Ende eines jeden Monats konnte man meine Resultate messen. Mein Name stand immer ganz oben auf der Produktivitätsliste: Monteur der Woche. Monteur des Monats. Monteur des Jahres. Ich kann mich nicht erinnern, mit meiner Tätigkeit als Lehrer in den letzten Jahren irgendein Ergebnis erzielt zu haben. Das Korrigieren der Klassenarbeiten alle zwei Monate brachte mir das genaue Gegenteil ein und stieß mich mit der Nase darauf, wie fruchtlos meine Bemühungen bei all den funktionalen Analphabeten waren.

Zweimal hintereinander erhielt ich zu Weihnachten von der Firma, bei der wir unter Vertrag standen, als Prämie für meine hohe Produktivität ein Set mit acht verchromten Wasserhähnen. Eines davon schenkte ich meinem Rechtsanwalt, als seine Frau an Krebs starb.

An der Krebserkrankung dieser Frau konnte man im Übrigen sehen, wie im Gefängnis die Zeit verflog. Denn auch wenn die Zeit für einen selbst stehenbleibt, vergeht sie doch für die anderen, und das tangiert einen genauso, wie die Trennung eines befreundeten Paares die eigene Ehe tangiert. Tag für Tag ging es Olga – das war ihr Name – schlechter, und man konnte dabei zusehen, wie mein Anwalt dünner wurde, als wäre er der Kranke. Mit jedem Organ seiner Frau, das die Krebszellen zerfraßen, wurde er von Woche zu Woche schwächer. Und plötzlich war sie entschlafen.

Noch schwindelerregender aber war in dieser Hinsicht das Ende von Martas neuer Ehe. Es war, als wäre ich bei ihrer Hochzeit abends eingeschlafen und hätte morgens beim Aufwachen festgestellt, dass die Trennung bereits in vollem Gange war. In Nullkommanichts hatte sich die ganze rassenübergreifende Liebe aufgezehrt. Wie Fastfood. In weniger als zwei Jahren war Marta bereits wieder zu der vertrockneten Blume aus meiner Vergangenheit geworden. Als erstes hatte sie entdeckt, dass er trank. Dann war er in betrunkenem Zustand gewalttätig geworden. Ich glaube, Marta trauerte der Zeit hinterher, in der ich die Decke unserer Küche zerlöchert hatte.

Helena zufolge hatte der neue Gatte die ganze Wohnung kurz und klein geschlagen.

»Kannst du dich noch an das Geschirr erinnern, das Mama immer nur sonntags für Besuch benutzt hat?«, fragte sie mich. »Es ist ein Scherbenhaufen. Er hat den Esszimmertisch zertrümmert. Die Wohnzimmeruhr. Den Spiegel im Schlafzimmer.«

Zum Glück hatte er Marta keinen einzigen Knochen gebrochen.

Die unmittelbare Folge all dessen war, dass Marta mich nun jeden Sonntag besuchte, öfter noch als Helena, die sehr beschäftigt war.

Sie kam schwer beladen mit allem möglichen, mit Fleisch, Keksen, Zahnpasta, Nudeln, Schokolade, ohne dass ich sie um irgendetwas gebeten hätte. In meiner Zelle war ich derjenige, der die bestgefüllte Speisekammer besaß. Was zu viel war, verteilte ich, und daher hielten mich die Mitinsassen für einen guten Verbrecher.

Rasch waren wir wieder das, was wir in alten Zeiten gewesen waren, Marta und ich, vereint aßen wir ein Stück Käse, bei einem guten Gespräch, ohne Hast. Nur dass wir jetzt statt in unserer Küche im Sprechraum des Gefängnisses saßen. Unsere Kommunikation war jetzt punktueller und wurde dadurch effizienter. Und vergnüglicher. Es wurden sogar Geheimnisse ausgetauscht. »Ausgetauscht« ist nur so dahingesagt. Ich hatte keine Geheimnisse mehr. Es gab keine Schreckensmeldungen über mich, die nicht bereits von der Presse veröffentlicht worden waren. Marta aber schilderte mir traurige Begebenheiten aus ihrer kurzen Ehe, zum Beispiel, wie ihr einstiger Mann ihr nach der Hochzeitsnacht gleich beim Aufwachen gesagt hatte, sie sehe aus wie eine Rosine. Und sei weiß wie Ricottakäse.

»Das musste ich mir von diesem Neger anhören«, erklärte sie. So sprach sie jetzt von ihrem Ex-Mann.

»Du bist eine hübsche Frau«, bemerkte ich, um sie zu trösten.

Damit hatte ich wohl ein falsches Signal ausgesendet. Gleich darauf sagte sie mir, sie hätte sich nicht von mir trennen dürfen, im Grunde sei ich ihre Familie.

»Du bist alles, was ich habe. Du bist für mich Vater und Mutter. Du bist mein Bruder, mein sicherer Hafen.«

»Aber ich bin nicht dein Ehemann«, erwiderte ich.

Ich war selbst erstaunt über meine Reaktion. Es hatte mir immer widerstrebt, Marta zu widersprechen. Aber die Vorstellung einer Versöhnung zwischen uns erschien mir ebenso absurd wie die Tatsache, dass wir in der Vergangenheit so lange zusammen geblieben waren. Wie hatten wir es bloß geschafft, dieses Übermaß an Nähe jahrelang aufrechtzuerhalten? Ohne Sex? Wozu?

Das Eingesperrtsein verändert unsere Fähigkeit zur Phantasie. In Gefangenschaft denkt niemand an Liebe oder Kameradschaft. Man ist anspruchsloser, folgt seinen Instinkten. Im Wesentlichen denkt man ans Kopulieren. Ich muss zugeben, im Gefängnis war mein Sexualleben erfüllter als in der gesamten Zeit meiner Ehe. Und ich stimmte mit Doni nicht darin überein, wenn er behauptete, dass wir umständehalber homosexuell waren. Unsere Aktivitäten hatten kein Geschlecht. Im Gefängnis war Sex eine Frage von Rohren und Verbindungen. Von Einführen und Kommen. Von einer Leere, die sich füllte. Von Öffnungen und Betätigungen. Mehr nicht.

All das, um zu sagen, dass auch im Gefängnis die Zeit vergeht. Denn im Grunde genommen ist das Leben im Gefängnis ebenfalls Leben. Nicht mehr und nicht weniger. Man hat dort sogar eine gute Portion Freiheit, denn vom Kopf an einwärts hat man selbst das Sagen. Einen völlig freien Raum und alle Zeit der Welt, um sich ihm zu widmen.

Es vergingen genau zwei Jahre und sieben Monate im Gefängnis, bis der Tag meiner Verhandlung gekommen war.

Die Mitgefangenen sagten mir, ich hätte großes Glück.

»Ich warte seit drei Jahren«, behauptete einer.

»Ich seit sieben«, sagte ein anderer.

Ich hingegen war kaum richtig angekommen, und schon sollte über mich verhandelt und geurteilt werden.

8

Ich musste erst einen Mord begehen, oder besser gesagt, ein Verbrechen musste mir in die Quere kommen, um die Schönheit einer Gerichtsverhandlung kennenzulernen.

Bis dahin war mir entgangen, wie viel eine solche Verhandlung formal mit der griechischen Tragödie gemein hat. Denn: Es gibt stets ein fettes, bluttriefendes Drama. In meinem Fall war es vorsätzliche Tötung mit drei Mordmerkmalen: niedere Beweggründe, Grausamkeit und Wehrlosigkeit des Opfers. Hinzu kamen die Verbrechen der Zerstückelung und des Verbergens der Leiche. Es gibt die Geschworenen, einen monochromatischen Block, der wie der griechische Chor die Echokammer der Gesellschaft darstellt. Figuren, die sinnbildlich Gut und Böse verkörpern. Und es gibt den Mörder und das Opfer in ihrer ganzen psychologischen Vielschichtigkeit.

Nicht ohne Grund hat das Thema für die Amerikaner großen Unterhaltungswert, in der Presse ebenso wie in der Kinoproduktion. Wenn man nicht auf der Anklagebank sitzt, ist es wirklich einfach, sich mit der Welt des Verbrechens die Zeit zu vertreiben.

Nicht alles verlief so, wie ich es im Folgenden berichte. Das Ritual ist voller Regeln, die ich mitunter übergangen habe. Während der Aussagen werden keine rechtlichen Würdigungen vorgenommen. Und wenn am Ende Verteidigung und Anklage plädieren, gibt es keine Vernehmungen mehr. Dennoch entspricht alles, was ich erzähle, den Tatsachen und ist wahrheitsgetreu. Nur in der falschen Reihenfolge.

Zuerst schauten sich die Geschworenen ein Heimvideo an, auf dem mein Nachbar betrunken vor einem Grill im Garten eines Strandhauses tanzte. Dann tauchte seine asiatische Freundin, deren Bauch bereits die Schwangerschaft verriet, im Bild auf und umarmte ihn lächelnd, so als würden sie gemeinsam Reklame für irgendeine neue Biermarke machen.

»Sie wären eine glückliche Familie geworden«, sagte der Staatsanwalt. Er deutete mit dem Finger auf mich. »Wäre da nicht dieser grausame Mann gewesen.«

Als nächstes folgten die Fotos. Senhor Ypsilon, zusammengefaltet im Schrank. Detailaufnahme der Beine, die verdreht worden waren, damit sie hineinpassten. Detailaufnahme der Hände. Detailaufnahme der Verletzungen im Gesicht. Eine Reihe von Bildern miserabler Qualität, versehen mit Pfeilen und Beschriftungen voller Fachausdrücke, wurde vom Gericht in Augenschein genommen.

Einer der Geschworenen wurde dabei übel, was für allgemeine Erschütterung sorgte.

»Ihr Unwohlsein ist nur allzu verständlich«, sagte der Staatsanwalt zu ihr wie ein Beifall heischender Schauspieler.

Später machte der von der Anklagebehörde beauftragte Sachverständige uns auf ein Ödem hier, ein Hämatom dort, eine Hautabschürfung oben an der Brust und eine weitere Verletzung an der Kopfhaut in der Okzipitalregion aufmerksam.

»Bitte beachten Sie, dass das Blut in diesen Bereichen geronnen ist. Blutgerinnsel bilden sich nur bei lebenden Wesen«, erklärte er.

Was er damit sagen wollte: Das Opfer hatte anfänglich noch

gelebt, als es zerstückelt worden war. Seine Schlussfolgerung lautete, dass mein Nachbar bei der Abtrennung seiner Glieder durch Verbluten zu Tode gekommen war.

Anschließend wurde nur noch über meinen Charakter gesprochen. Ich war überrascht, Carmen, die Direktorin meiner Schule, als Zeugin der Anklage dort wiederzusehen. Sie habe nichts gegen mich, versicherte sie. Ganz im Gegenteil, ich sei ihr sogar sympathisch, weil ich sie immer höflich behandelt hätte. Vermutlich hatte sie sich nur für diese Rolle hergegeben, um etwas Farbe in ihr langweiliges Leben zu bringen. Jedenfalls erwies sie dem Staatsanwalt einen großen Gefallen, indem sie ein flammendes Bild von der Situation der Lehrer im Allgemeinen und meiner im Besonderen entwarf. Sie habe mich einmal während des Streiks auf einer Demonstration dabei beobachtet, wie ich einen Polizisten mit Steinen beworfen hätte. Es stimmte, an jenem Tag hatten wir alle Steine auf die Polizei geworfen, die Tränengas eingesetzt hatte, um uns vor dem Gouverneurspalast zu vertreiben. Aber der Staatsanwalt spielte den Kontext und den Umstand, dass die anderen Lehrer genauso gehandelt hatten, herunter. Er bezeichnete mich als »gewalttätig« und »aggressiv« und nutzte die Schilderung der Direktorin, um mich als berufsmäßigen Steinewerfer hinzustellen.

Francisco, der Hausmeister, beschrieb mich als ruhigen, nervösen Zeitgenossen. Es habe Tage gegeben, an denen ich »ruhig gewesen« sei. An andern hätte ich »nervös gewirkt«. Er sagte auch, er finde es nicht richtig, dass die Lehrer ständig streikten. Deshalb »komme sein Sohn in der Schule nicht voran«, und ich hätte, da ohne Beschäftigung, schließlich meinen Nachbarn getötet.

Senhor Ypsilons Putzfrau sagte ebenfalls aus und behauptete, ich sei sehr ruhig gewesen, als sie uns entdeckt habe, und dass ich nicht emotional aufgewühlt gewirkt hätte. Dann sagte sie noch, die Vermutung, dass »etwas Teuflisches« geschehen sein musste, sei ihr des Gestanks und nicht meiner Haltung wegen gekommen. Ohne den Leichengeruch hätte sie keinerlei Verdacht geschöpft.

Eine ähnliche Aussage machte der Mann vom Schlüsseldienst, bei dem ich den Nachschlüssel für Senhor Ypsilons Wohnung hatte anfertigen lassen. Für ihn sei an dem Tag am auffälligsten meine »bemerkenswerte Kälte« gewesen.

Seit dem Tod seiner Frau war es das erste Mal, dass ich Dr. Moreira Mendes derartig munter werden sah.

»Der bekommt noch sein Fett weg«, flüsterte er mir zu, während der Mann aussagte. Als er an der Reihe war, den Mann zu befragen, und aufstand, wirkte er wie ein Gourmet vor einem Leckerbissen. Es fehlte nur, dass er sich die Lippen geleckt hätte.

»Schlüssel nachzumachen ist ein sehr arbeitsaufwendiges und kompliziertes Handwerk«, sagte er. »Habe ich Recht?«

»Zweifellos«, antwortete der Mann mit stolzem Lächeln.

»Sind Sie schon lange in der Branche tätig?«

»Seit fünfzehn Jahren.«

»Vermutlich schätzt man Sie sehr in dem Stadtteil.«

»Ich kann mich nicht beklagen.«

»Kennen Sie Ihre Kunden?«

»Viele schon.«

»Wie viel Zeit benötigen Sie, um einen Schlüssel nachzumachen?«

»Zwischen vierzig Sekunden und einer Minute.«

»Länger nicht?«

»Selten.«

»Sie brauchen also selten länger als eine Minute, um einen Schlüssel anzufertigen?«

»Ich habe viel Routine.«

»Aber es gibt Schlüssel, die mehr Zeit erfordern. Können Sie uns sagen, was für Schlüssel das sind?«

»Spezialschlüssel. Kreuzbartschlüssel zum Beispiel. Es kommt auf das Modell an.«

»Wie viel Zeit brauchen Sie für Ihre Arbeit im Falle dieser Spezialschlüssel?«

»Fünf Minuten. Ungefähr. Pro Stück.«

»Dieser hier«, sagte Dr. Moreira Mendes und deutete auf ein Exemplar an seinem Schlüsselbund. »Ist das ein Spezialschlüssel?«

»Es scheint mir eher ein gewöhnlicher zu sein.«

»Wenn ich zu Ihnen in den Laden komme und zwei solcher Schlüssel verlange, muss ich dann im Schnitt zwei Minuten warten, bis sie fertig sind?«

»Genau.«

»Dazu eine Minute zum Bezahlen, wenn es hoch kommt. Ich darf daraus also schließen, dass ein Kunde, der zwei Schlüssel nachmachen lässt, drei Minuten bei Ihnen im Laden verbringt.«

»Das ist nicht immer so.«

»Nicht?«

»Es kommt auf den Kunden an.«

»Wenn es ein Bekannter ist, plaudern Sie vielleicht ein wenig mit ihm.«

»Manchmal ja.«

»Kannten Sie meinen Mandanten?«

»Nein.«

»Auch nicht vom Sehen?«

»Nein.«

»Dann haben Sie ihn also an dem Tag kennengelernt, als er zu Ihnen kam, um die Schlüssel nachmachen zu lassen. Richtig?«

»Genau.«

»Erinnern Sie sich noch, an welchem Tag das war?«

»Am neunten. Vormittags.«

»Um welche Uhrzeit?«

»Zwischen zwölf und eins.«

»Ich kann mir vorstellen, dass viele Leute in Ihr Geschäft kommen. Wieso sind Sie sich sicher, dass mein Mandant um diese Uhrzeit bei Ihnen war?«

»Ich habe ein gutes Gedächtnis.«

»Aha, ein gutes Gedächtnis. Erinnern Sie sich daran, wie er bei Ihnen im Laden war?«

»Ich erinnere mich bestens.«

»Können Sie uns schildern, wie er sich benommen hat?«

»Er war unruhig.«

»Nervös?«

»Nein, nervös nicht. Unruhig. Er schaute zur Tür, wie jemand, der Angst hat, erwischt zu werden.«

»Und wie waren die Schlüssel von der Wohnung des Opfers?«

»Ein gewöhnlicher und ein Spezialschlüssel.«

»Wie viele Nachschlüssel hat mein Mandant bei Ihnen bestellt?«

»Zwei. Von jedem einen.«

»Daraus dürfen wir schließen, dass mein Mandant weniger als zehn Minuten ihn Ihrem Geschäft verbracht hat. Haben Sie sich unterhalten?«

»Ein wenig.«

»Worüber?«

»An die Einzelheiten erinnere ich mich nicht.«

»Sie haben ein gutes Gedächtnis, können sich aber an die Einzelheiten des Gesprächs nicht erinnern?«

»Es war ein belangloses Gespräch.«

»Und dennoch haben Sie bei diesem Gespräch festgestellt, dass er unruhig war und zur Tür schaute wie jemand, der Angst hat, erwischt zu werden, abgesehen natürlich von Ihrer Wahrnehmung, dass es sich um einen Mann von bemerkenswerter Kälte handelte.«

»Genau. Ich kann sagen, dass ich eine gute Menschenkenntnis besitze. Wenn ich jemanden sehe, weiß ich, was er für einen Charakter hat.«

»Ein Talent, zweifellos. Aber Sie können sich nicht daran erinnern, was mein Mandant damals zu Ihnen gesagt hat.«

»Meine Aufmerksamkeit hat nicht erregt, was er gesagt, sondern ganz allgemein, wie er sich verhalten hat.«

»Verstehe. Und wissen Sie noch, was Sie zu ihm gesagt haben?«

»Wie bitte?«

»Sie haben uns erzählt, dass Sie sich nicht daran erinnern, was mein Mandant damals zu Ihnen gesagt hat und dass sein allgemeines Verhalten Ihre Aufmerksamkeit erregt hat.«

»Genau.«

»Ich stelle Ihnen jetzt eine andere Frage. Wissen Sie noch, was Sie an dem Tag zu meinem Mandanten gesagt haben?«

»Ich habe doch schon erklärt, es war ein belangloses Gespräch.«

»Sie haben meinen Mandanten um Entschuldigung gebeten,

weil Sie fast die ganze Zeit, in der Sie die Schlüssel für ihn angefertigt haben, telefoniert haben. Erinnern Sie das?«

Der Mann verstummte.

»War es nicht so?«

Ich selbst hatte meinem Anwalt dieses Detail geschildert.

»Während mein Mandant wartete, haben Sie einen Anruf von Ihrer Tochter erhalten, nicht wahr?«

»Ich kann mich mehr genau erinnern.«

»Dann werde ich Ihr Gedächtnis auffrischen. Sie haben das Telefonat beendet, sich bei meinem Mandanten entschuldigt und ihm anschließend erzählt, dass es sich um Ihre Tochter gehandelt habe, die vor fünf Jahren in die Vereinigten Staaten gezogen sei. Das haben Sie meinem Mandanten doch erzählt, oder nicht?«

»Daran kann ich mich im Einzelnen nicht erinnern.«

»Ihnen entfallen offenbar viele wichtige Details. Könnten Sie bitte einen Blick hierauf werfen?«, fragte Dr. Moreira Mendes und reichte ihm ein Blatt Papier.

Der Mann vom Schlüsseldienst betrachtete es erstaunt.

»Können Sie uns sagen, was das ist?«, fragte mein Rechtsanwalt.

»Meine Telefonrechnung.«

»Und können Sie uns sagen, wer Sie am neunten mittags zwischen zwölf und eins angerufen hat?«

Es dauerte, ehe der Mann antwortete.

»Meine Tochter.«

»Befindet sich auf der Rechnung in dem Zeitraum noch eine andere ausgehende oder eingehende Verbindung?«

»Nein«, antwortete er missmutig.

Theatralisch nahm mein Anwalt ihm das Blatt aus der Hand.

»Wohlgemerkt, verehrte Geschworene, mein Mandant hat zehn Minuten in dem Geschäft dieses Herrn verbracht. In der Zeit hat dieser Herr sich, während er die Schlüssel anfertigte, das Handy zwischen Ohr und Schulter geklemmt und sich mit seiner Tochter in den Vereinigten Staaten unterhalten. Und jetzt versucht er uns hier weiszumachen, dass er dank seiner fabelhaften Menschenkenntnis und seines guten Erinnerungsvermögens erkennen konnte, dass mein Mandant vor seinen Augen kaltblütig und vorsätzlich sein Verbrechen geplant hat. Dazu hat die Staatsanwaltschaft ihn herbestellt. Denn das ist die Strategie der Anklage: Sich den Urteilsspruch zunutze zu machen, der in diesem Fall bereits von einem zweiten Gericht, nämlich den Medien, gefällt worden ist, um das Urteil des wahren Gerichts, der Justiz, zu beeinflussen. Die Medien stellen meinen Mandanten als kaltblütigen, grausamen Menschen dar, der den Mord an seinem lärmenden Nachbarn vorsätzlich geplant hat. Und dieser Herr, der meinen Mandanten an dem Tag noch nicht einmal anschauen konnte, weil er, während er seine Arbeit erledigte, gleichzeitig mit seiner Tochter in den Vereinigten Staaten telefonierte, kommt hierher und plappert wie ein Papagei nach, was die Medien behaupten und führt das Gericht mit unwahren Informationen in die Irre.«

Ich wusste, dass diese Blöße der Anklage keinen Erfolg für die Verteidigung bedeutete. Aber ich weiß noch genau, dass das der Tag war, an dem Dr. Moreira Mendes und ich Freunde wurden. Bereits seit dem Tod seiner Frau Olga sah ich ihn mit anderen Augen. Der Krebs der anderen ist sehr wirkungsvoll, um unsere Antipathien in Mitgefühl zu verwandeln. Aber ein echter Freund meines Anwalts wurde ich erst an diesem Tag, an dem er den Mann vom Schlüsseldienst auseinandernahm.

9

»Ich komme nun zum Schluss«, sagte der Staatsanwalt, »und ich warne Sie. Wenn wir der Verteidigung dieses kaltblütigen und grausamen Mannes abnehmen, was sie uns hier verkaufen will, akzeptieren wir damit das Ende der Welt. Denn womit wir uns, wenn es nach der Verteidigung ginge, abfinden sollen, ist eine Welt ohne Gerechtigkeit. Ohne Gerechtigkeit gibt es keine Gleichheit. Ohne Gerechtigkeit gibt es keine Zivilisation. Ohne Gerechtigkeit leben wir in einer apokalyptischen Wirklichkeit, in der der Teufel über das Chaos herrscht.«

Es war der dritte Verhandlungstag, und man konnte den Geschworenen bereits die Erschöpfung ansehen. Als Dr. Moreira Mendes das Wort Teufel hörte, flüsterte er mir ins Ohr.

»Er spekuliert darauf, dass die meisten der Geschworenen Evangelikale sind.«

Ich war ebenfalls am Ende meiner Kräfte und begriff nicht, was er meinte.

»Ganz einfach«, erklärte er. »Brasilien ist dabei, sich in ein Land von Evangelikalen zu verwandeln.«

»Und was tun wir in dieser gesetzlosen Welt, wenn ein Nachbar uns stört?«, fragte der Staatsanwalt. »Wir töten ihn. Und anschließend zerstückeln wir ihn. Wir sind wie die mythologischen Ungeheuer Gog und Magog, die sich von Menschenfleisch, von Föten und von Leichen ernährten. Wir machen alle fertig, die sich uns in den Weg stellen. Wegen eines Parkplatzes bringen wir einen Autofahrer um. Dieses Gemetzel macht uns nicht das Geringste aus. In dieser barbarischen Welt werden wir sein wie die von Herodot beschriebenen Nachkommen des Magog. Vermischt mit Wein, werden wir das Blut unseres ersten Feindes trinken und als Gefäß dafür seinen Schädel verwenden. Doch zuvor reißen wir ihm die Haut vom Kopf, um uns daraus eine Serviette zu falten. Denn in dieser Welt, die die Verteidigung uns wissenschaftlich verbrämt präsentiert, herrscht kein Klassenkampf. Es herrscht auch kein Kampf der Kulturen oder der Ideologien. Es herrscht der Krieg von jedem gegen jeden. Von allen gegen alle. Es ist mein Kleinkrieg und dein Kleinkrieg. Denn in dieser Welt ist der andere grundsätzlich bloß ein Feind. Mein Nachbar macht Lärm? Ich zerlege ihn und packe ihn in einen Koffer, um ihn anschließend auf den Müll zu werfen. Warum? Nun, weil es in der Welt dieser Menschen der Hass ist, der sie am Leben hält. Wir essen und trinken Blut. Wir schlafen und wachen auf, genährt von schwarzer Galle.«

Es war unübersehbar, dass der Staatsanwalt sich um die Aufmerksamkeit der Geschworenen bemühte, die nun aufgewacht zu sein schienen. Auch Marta, Helena und Bárbara im Publikum bekundeten Interesse.

»Er ist gar nicht mal so schlecht«, sagte ich zu Moreira Mendes.

»Für mich ist er ein aufgeplusterter Pfau«, erwiderte Moreira Mendes. »Sehen Sie doch, wie er hin und her stolziert.«

Der Staatsanwalt redete weiter. »Im Buch der Offenbarung sind Gog und Magog ...«

»Da kommt er mit der Bibel«, bemerkte Moreira Mendes.

»... der Satan selbst. Und in der Welt, die die Verteidigung uns verkaufen will, ist der Satan anscheinend höchst willkommen. Denn in dieser Welt lässt der Satan sich psychiatrisch begutachten und ist nicht länger der Satan, sondern sein Makel besteht nun darin, verrückt zu sein. Was für ein Riesengewinn. Das ist die Strategie der Verteidigung. Denn der Antichrist macht sich den Umstand zunutze, dass niemand, absolut niemand, auch Sie oder Sie nicht«, erklärte er und deutete mit dem Finger auf den einen oder anderen der Geschworenen, »unbeschadet aus einer psychiatrischen Begutachtung hervorgeht.«

»Der Antichrist«, fuhr er fort, »unser Gog Magog hier, ist sehr gewieft, er hat gemerkt, dass der Mensch für die Psychiatrie bloß ein biologisches Modell ist, ein für Kurzschlüsse anfälliger Haufen Nervenzellen. Wenn wir alle hier im Saal uns von einem Psychiater untersuchen ließen, würde keiner den Test bestehen«, lautete sein Argument.

»Von dem einen würde es heißen, er sei wahnsinnig, einem anderen würde man vorwerfen, er leide unter Lithiummangel. Diesen würde man als dement bezeichnen, jenen als schizophren. Einer litte unter einer bipolaren Störung, ein anderer unter dem Paniksyndrom. Dieser wäre manisch, jener melancholisch, und so weiter und so fort, wir alle wären verrückt.«

Im Großen und Ganzen war es das, was der Staatsanwalt sagte, nur mit anderen Worten. Einer der Geschworenen, ein in seinem Hals versunkener Mann, bemühte sich, das Lachen zu unterdrücken.

Der Staatswalt fuhr fort: »Der Antichrist weiß, dass für die Psychiater alles Krankheit ist. Lehrer zu sein heißt, das Trauma des sozialen Niedergangs zu durchleben. Arbeitsplatzverlust bedeutet Depression. Den Nachbarn tötet man aufgrund von Epilepsie. Und wie wird man geheilt? Durch Pillen. Pillen, um schlafen zu können, um niemanden zu erstechen, niemanden zu vergewaltigen, um nichts zu fühlen. Für diese Leute ist der Mensch letztlich nicht mehr als ein wandelndes Pillenarsenal. Ich muss dazu sagen, dass die Strategie zur Verteidigung dieses Mörders keineswegs originell ist. Sie machen sich keine Vorstellung von der Anzahl von kaltblütigen Mördern, die wie dieser Lehrer auf der Anklagebank zu selbsternannten Geisteskranken werden. Eine ganze Schar von Epileptikern. Wie Sie in dieser Verhandlung bemerken konnten, treten hier Fachleute auf, die uns davon überzeugen wollen, dass diese Herrschaften, die ihre Freundin, den Nachbarn, den Geschäftspartner, die Prostituierte, einzeln oder en gros töten, keine Mörder sondern Geistesgestörte sind, die Ärmsten. Sie kommen mit ihren Untersuchungen und komplizierten wissenschaftlichen Ausdrücken daher und versichern uns, alles liege an einem tiefsitzenden Problem im Gehirn. Diese Spezialisten, die das Leben medikamentös behandeln, die alles auf Synapsen und Öffnungen im Rhombencephalon reduzieren, gehen mit den übelsten Psychopathen unter uns um wie mit Kindern, die nicht wissen, was sie tun. Daher frage ich Sie, werte Geschworene: Wo ist das Recht? Das Gesetz? Die Bestrafung? Denn für diese Menschen existieren Richtig und Falsch nicht. Für sie existieren Sünde und soziale Ungerechtigkeit nicht. Für sie existiert die menschliche Gerechtigkeit nicht. Für sie gibt es lediglich Kranke und Gesunde. Gesundheit und Krankheit. Niemand trägt mehr für irgendetwas die Schuld. Die Schuld liegt im System. Noch absurder als diese Psychopathologisierung der Mörder ist unser Gesetz, das dem Geschwafel von der Epilepsie auch noch Glauben schenkt. Dieser Herr hier, dieses Monster, wurde sein ganzes Leben lang für so verantwortungsvoll gehalten, dass er in unseren Schulen Photosynthese unterrichten konnte. Der Staat hat ihn angestellt, weil er geeignet und darüber hinaus fähig schien. Dieser Herr hat seine Verständigkeit unter Beweis gestellt – als Lehrer, als Vater und als Ehemann. Und wenn es darum geht, für das von ihm begangene Verbrechen geradezustehen, soll er plötzlich nicht mehr bei Sinnen sein? Was für eine Gesetzgebung ist das, die uns im Stich lässt?«, fragte der Staatsanwalt. »Unser Rechtssystem gestattet, dass diese blutrünstigen Rohlinge wieder auf die Straße gelassen werden. Und morgen oder übermorgen geht dieser Pseudoepileptiker ins Kino und tötet zwei weitere Unschuldige. Ohne es zu wollen. Denn er hat ja nur vergessen, die Medikamente zu nehmen, die seine Mordinstinkte bezähmen. Und was nun? Was wir hier zu bedenken haben, meine Damen und Herren, ist nicht, ob im präfrontalen Cortex des Mörders Löcher sind, sondern ob er neuerliche Gräueltaten begehen wird oder nicht.«

Während des Plädoyers des Staatsanwalts fiel mir auf, dass die Freundin meines Nachbarn meinem Blick auswich, seine Mutter ihn hingegen suchte. Die eine floh vor mir, die andere jagte mich. Ich wollte es nicht, aber meine Augen versagten mir den Gehorsam, mein Blick flatterte im Publikum umher, und ehe ich es mich versah, verfolgte er die, die vor mir floh und floh vor der, die mich verfolgte. Wie bei einem Spiel. Weglaufen und belauern. Anblicken und ignorieren. Erst als der Richter die Sitzung unterbrach, gelang es der Mutter von Senhor Ypsilon schließlich, meinen Blick einzufangen. Für einen kurzen Moment schauten wir einander an. Ich versuchte noch, ihrem Blick auszuweichen, aber es war zu spät. Mit einem Mal war sie auch schon in mir, in meinem Innersten, mit ihrem unbarmherzigen Verlangen nach Gerechtigkeit.

In jener Nacht konnte ich kaum schlafen. Diese Augen gingen mir nicht mehr aus dem Sinn. Sie waren für sich genommen bereits ein Urteil. Sie ließen mich eine Art von Hass erahnen, den ich nicht kannte. Einen wunschlosen Hass, roh und unnütz. Ohne irgendeine Verwendung. Selbst wenn diese Frau den Tod ihres Sohnes rächen könnte, würde es ihr nicht gelingen, einen Groll dieses Ausmaßes je wieder loszuwerden. Sie war dazu verdammt, mich bis ans Ende ihrer Tage zu hassen. Ihr Hass würde fortdauern, auch wenn ich zu lebenslänglichem Gefängnis oder Tod auf dem elektrischen Stuhl verurteilt würde. Bis heute erfüllt der Gedanke daran mein Herz mit Traurigkeit.

10

»Wir befinden uns jetzt auf der Zielgeraden«, eröffnete mir Moreira Mendes an diesem Morgen. Es war der sechste Verhandlungstag. Ehe er den Platz in der Mitte der Tribüne einnahm, befahl er mir, meine Mimik besser zu kontrollieren.
»Sie dürfen nicht lächeln. Und auch nicht so unbeteiligt dreinschauen«, sagte er.

»Ich hoffe, auf die Geduld der Geschworenen zählen zu dürfen, denn wir werden im Rahmen unserer Verteidigung einen Zeichentrickfilm aus der Pokémon-Serie zeigen«, erklärte er und löste damit beim Publikum Gelächter aus.

Der Richter bat um Ruhe.

»Es handelt sich um die Folge ›Electric Soldier Porygon‹, die in Japan am 16. Dezember 1997 ausgestrahlt wurde.«

Dann begann die Filmvorführung. Die Pokémons mussten eine kaputte Maschine besteigen und sie mit Hilfe eines Wissenschaftlers reparieren. Nach einigen Minuten fragte der Staatsanwalt, ob der Richter den bereits zuvor von ihm gestellten Antrag, die Vorführung, die er als »Zeitverschwendung« bezeichnete, »zu beenden«, nicht noch einmal überprüfen könne.

Mein Anwalt blieb unnachgiebig. »Sie ist ein wichtiger Bestandteil unserer Verteidigung, hohes Gericht. Bitte achten Sie auf die nun folgende Szene mit der Explosion«, bat er.

Wir sahen jetzt auf der Leinwand, wie die Explosion von Raketen durch eine Sequenz unglaublich schnell flackernder blauer und roter Lichter dargestellt wurde.

Unmittelbar nach dieser Passage beendete Moreira Mendes die Vorführung.

»Vielleicht haben viele von Ihnen diese letzte Szene als unangenehm empfunden«, sagte er. »Und es ist gut möglich, dass jemand unter den Anwesenden in einigen Minuten Kopfschmerzen oder Übelkeit verspüren wird. In Japan sind eine halbe Stunde nach der Ausstrahlung dieses Zeichentrickfilms sechshundertfünfundachtzig Kinder ins Krankenhaus eingeliefert worden.«

Und dann beschrieb er, was mit den kleinen Japanern im Weiteren passiert war. Einigen war schwindelig geworden, andere hatten sich erbrochen. Manche erblindeten vorübergehend, andere erlitten epileptische Anfälle.

»Genau das ist es, was uns hier interessiert, hohes Gericht, der ›Pokémonschock‹, wie das Ereignis heute bezeichnet wird. Es dauerte eine ganze Weile, bis die Fachleute die epileptischen Anfälle von sechshundertfünfundachtzig Kindern mit der Lichtshow in Verbindung brachten, der Sie soeben beigewohnt haben. Heute gilt als sicher, dass die Szene der explodierenden Raketen des Pokémons wie ein ›photosensitiver Angriff‹ auf die Kinder wirkte, die die epileptischen Anfälle erlitten. Dass es für die Produzenten des Films ein echtes Desaster war, muss ich nicht extra erwähnen.«

Genau in dem Moment stand eine der Geschworenen – dieselbe, der schon zu Beginn der Verhandlung bei der Inaugenscheinnahme der Fotos des Opfers schlecht geworden war – kreidebleich auf und übergab sich an Ort und Stelle, da sie nicht mehr schnell genug die Bank verlassen konnte.

Während wir abwarteten, bis ein Polizist sie zur Krankenstation brachte, ermahnte der Richter meinen Anwalt.

»Sie sollten die Geschworenen nicht einem potentiell schädlichen Stoff aussetzen.«

Mein Anwalt aber frohlockte. »Uns hätte nichts Besseres passieren können«, flüsterte er mir ins Ohr.

Als die Sitzung wiederaufgenommen wurde, erklärte Moreira Mendes, diese Pokémon-Folge stehe, anders als viele im Saal vielleicht vermuteten, in engem Zusammenhang mit meinem Fall. Denn so, wie die visuellen Stimuli bei diesen Kindern einen epileptischen Anfall ausgelöst hatten, seien die permanenten, unerträglichen Geräusche, die aus der Wohnung von Senhor Ypsilon drangen, verantwortlich für die organischen Krämpfe in meinem Gehirn gewesen. Sie hatten zu Veränderungen in meinem Verhalten geführt und mich in die Tragödie hineingerissen, über die jetzt verhandelt würde.

»Viele hier glauben, dass Epileptiker Menschen sind, die unter heftigen Zuckungen zu Boden fallen, um sich schlagen, sich mit Schaum vor dem Mund winden und dann das Bewusstsein verlieren«, sagte er. »Aber es gibt verschiedene Formen von Epilepsie mit ganz unterschiedlichen Ursachen.«

Und dann rief er unseren ersten Zeugen auf, einen renommierten Neurologen der Universidade Paulista, der einen erschöpfenden Vortrag zu dem Thema hielt und dabei Bilder des menschlichen Gehirns auf eine Leinwand projizierte. Er erklärte, dass verschiedene Teile des Gehirns von der Epilepsie betroffen sein können und dass die ersten Anfälle häufig in der Kindheit oder aber nach dem fünfzigsten Lebensjahr auftreten, so wie in meinem Fall. Da durch die Epilepsie die Hirntätigkeit außer Kontrolle gerate, könne sie unser Denken, unsere Wahrnehmung, unser Verhalten und unser Gedächtnis vorübergehend oder dauerhaft verändern.

Anschließend rief Moreira Mendes die Psychiaterin, die das Gutachten über mich angefertigt hatte, als Zeugin auf.

»Wir benutzen in ähnlich gelagerten Fällen wie dem des Angeklagten die Bezeichnung Dämmerzustand«, gab sie an.

Ihre Art, das Thema zu präsentieren, war sehr technisch und trocken, aber mit ihrer hübschen Erscheinung konnte sie die Aufmerksamkeit der Geschworenen fesseln. Im Großen und Ganzen besaß ich ihr zufolge aufgrund der Krankheit eine inkonstante Persönlichkeit.

Die mit Elektroden festgestellte Dysfunktion meiner Hirntätigkeit wurde anhand von Graphiken gezeigt.

So beschrieben, erweckte ich einen erschreckenden Eindruck. Ich muss gestehen, dass ich vor mir selbst Angst bekam. Dem von der Gutachterin gezeichneten Bild zufolge wohnte in meinem Körper ein fremdes, unberechenbares Tier, Sklave absonderlicher Impulse. Der einzige Vorteil in meinem Fall war, dass ich keine Krampfanfälle bekam und nicht sabberte. Aber deshalb war ich nicht einen Millimeter weniger Epileptiker als die klassischen Fälle. Mit Abwesenheitszuständen. Ohne zur Verantwortung gezogen werden zu können. Mit schwer einzuschätzendem Mordpotential.

»Es kann sein, dass bei ihm nie wieder eine Episode wie jene auftritt, die uns hergeführt hat«, sagte die Psychiaterin. Aber auch das Gegenteil war möglich. Was bedeutete, dass es wahrscheinlich war.

»Dieser Mann hat das Glück, in Brasilien zu leben«, unterbrach der Staatsanwalt sie. »In England würde nicht einmal Epilepsie ihn vor dem Gefängnis bewahren.«

Bei dem Einwurf begann Moreira Mendes stark zu schwitzen und verströmte einen leichten Knoblauchgeruch.

»Sie machen sich über den wissenschaftlichen Fortschritt lustig, Herr Staatsanwalt, der manche Straftäter als Geisteskranke anerkennt.«

»Wie können wir die Gewissheit haben, dass dieser Lehrer bei der psychiatrischen Untersuchung nicht simuliert hat?«, wollte der Staatsanwalt wissen.

Die Sachverständige erklärte, dass es bei psychiatrischen Untersuchungen Möglichkeiten gebe, die Wahrscheinlichkeit von Simulation einzuschätzen. Nicht einmal der Staatsanwalt verlangte von ihr, dies zu erläutern, da niemand die Antwort verstanden hätte. So viel zur Autorität der Fachleute. Angesichts unserer Unkenntnis braucht sie sich nicht weiter zu erklären. Ein Punkt für mich.

»Aus Sicht der Wissenschaft ist Epilepsie keine Krankheit«, erklärte die Sachverständige den Geschworenen, »sondern ein Ausfall unserer Nervenzellen, die nach Stimulierung durch elektrische Ladung einen Kurzschluss erleiden.«

Das war schlüssig, dachte ich im Stillen, während ich kleine Kreise auf das vor mir liegende Blatt Papier malte. Hass ist elektrostatische Entladung, notierte ich neben den Zeichnungen.

»Wie heißt die durch Licht hervorgerufene Form der Epilepsie, die bei den Kindern in Japan aufgetreten ist?«, erkundigte sich Dr. Moreira Mendes.

»Photogene oder auch photosensitive Epilepsie«, antwortete die Psychiaterin.

»Können Sie bestätigen, dass Epilepsie auch durch andere Faktoren ausgelöst werden kann?«

»Ja, es gibt auch die audiogene Epilepsie, die durch unterschiedliche Töne und Geräusche ausgelöst wird.«

»Kann man also sagen, dass bestimmte Geräusche und bestimmter Lärm epileptische Anfälle auslösen können?«, wollte Dr. Moreira Mendes wissen.

»Wir glauben, ja«, erwiderte die Frau. »Sofern eine genetische Veranlagung dafür vorliegt.«

»Gibt es mithin eine wissenschaftliche Grundlage für die Annahme, dass ein Mensch, nachdem er akustischem Stress ausgesetzt gewesen ist, einen epileptischen Anfall erleiden kann?«, fragte Dr. Moreira Mendes.

»Ja«, sagte die Gutachterin. »Nicht nur in Brasilien, sondern auch international hat sich die Wissenschaft mit diesem Thema befasst. Die Universität von Illinois zum Beispiel hat diesbezüglich hervorragende Arbeit geleistet.«

»Könnten Sie uns etwas über den aktuellen Stand der Forschung dazu in Brasilien erzählen?«, bat mein Anwalt.

»Wir führen seit einigen Jahren Studien mit Mäusen durch, die eine genetische Veranlagung zur Epilepsie haben. Bei unseren Experimenten setzen wir bestimmte, zu epileptischen Anfällen neigende Stämme von Hausmäusen und Hamstern hochintensiven sonoren Reizen aus«, antwortete sie.

»Was geschieht mit diesen Mäusen?«, wollte der Staatsanwalt wissen.

»Sie werden unruhig, gewalttätig, springen, greifen an. Die meisten von ihnen verfallen in Zuckungen.«

»Sie haben das psychiatrische Gutachten über meinen Mandanten erstellt«, sagte Dr. Moreira Mendes. »Kann es Ihrer Meinung nach sein, dass er unter audiogener Epilepsie leidet?«

»Unbedingt«, lautete ihre Antwort.

»Ist es aus wissenschaftlicher Sicht demnach möglich, dass die von dem Nachbarn meines Mandanten erzeugten Geräusche der Auslöser für den Anfall waren, der in der hier zur Verhandlung stehenden Tragödie kulminiert ist?«

»In Anbetracht der Historie des Angeklagten, der jähen Veränderung seines Verhaltens und der vorgelegten medizinischen Gutachten besteht für mich keinerlei Zweifel, dass hier ein Fall von audiogener Epilepsie vorliegt«, sagte die Psychiaterin.

Die Reaktion der Geschworenen war interessant. Sie sahen mich jetzt anders an, nachsichtiger. Man muss sagen, manche Krankheiten können einen erlösen.

Ich bedauerte, dass Doni nicht dort war. Er stand der Strategie meines Verteidigers sehr kritisch gegenüber.

»Wenn du Schwede wärst und in Schweden gegen dich verhandelt würde, ginge es ja noch«, hatte er gesagt. »Aber der Theorie vom zeitweiligen Wahnsinn wird in Brasilien kein Glauben geschenkt, weil wir unterentwickelt sind und das eine Krankheit der Industrienationen ist. In Schweden ist die grundlegende Frage des Überlebens bereits gelöst. Dort ist Platz für Wahnsinn. Desgleichen in der Schweiz. Wahnsinn gehört zu einem fortgeschrittenen Stadium der Zivilisation. Hier in Brasilien aber müssen wir noch das Überleben sichern, ehe wir verrückt werden können. Wir sind zu rückständig, um bestimmte psychische Krankheiten zu bekommen. Warum schießen die Jugendlichen in den hiesigen Schulen nicht um sich und töten Dutzende Menschen wie in den Vereinigten Staaten? Ganz einfach, weil unsere Jugendlichen gar nicht zur Schule gehen. Sie verkaufen Drogen auf den Hügeln. Begehen Überfälle an Ampeln. Konsumieren im Stadtzentrum Crack. Kannst du dich noch an die Zeiten erinnern, als die Brasilianer barfuß gingen? Dann brach so etwas wie eine Schuhrevolution aus. Plötzlich trug jeder Schuhe. An den Füßen tauchten alle möglichen Modelle in allen möglichen Farben auf. So funktioniert Fortschritt. Schuhe kommen nach Kleidung. Kleidung kommt nach Essen. Nudeln kommen vor Hähnchen. Jahrzehntelang hatten wir keine Ahnung, was ein Hähnchen ist. Und, liegt das Huhn jetzt etwa nicht auf unserem Teller? Zusammen mit Reis und Bohnen? Wir essen Geflügel, weil Brasilien vorankommt. Obwohl nichts von dem, was ich gerade als Beispiel genannt habe, mehr gilt, jetzt, wo Brasilien sich wieder zurückentwickelt hat. Wir sind in die Prä-Hähnchen-Phase zurückgefallen. Auch in die Prä-Schuhe-Phase. Aber was ich damit sagen will: Zuerst müssen wir unseren Hunger stillen, müssen wir Kleidung und Schuhe haben, müssen unsere Grundbedürfnisse erfüllt sein, bevor wir verrückt werden können.«

So dachte Doni. Meiner Ansicht nach hatte Moreira Mendes soeben ein medaillenwürdiges Tor geschossen. Selbst der Richter wirkte freundlicher.

Doch der Höhepunkt der Verhandlung stand noch bevor. Mit Hilfe von Arthur, einem Freund von Bárbara, und dem von ihm im Studio produzierten und von uns dem Gericht vorgelegten Tonmaterial aus Geräuschen von Möbelrücken, Gelächter, Schritten, Topfklappern, Getrampel, Tür- und Fensterknallen, Fußballkicken – kurz, einer akustischen Zusammenfassung meiner Hölle – hatte Moreira Mendes die Geschworenen wachrütteln können.

Zuvor jedoch hatte er darum gebeten, mich »wegen meines Gesundheitszustandes« aus dem Saal zu bringen. Von draußen konnte ich die Reaktion des von dem Geräuschbombardement unangenehm berührten Publikums hören. Als ich in den Saal zurückkehrte, erklärte Moreira Mendes, dass diese so heimeligen, sofern von uns selbst verursachten, Geräusche als reine Gewalt empfunden werden, sobald ein anderer sie erzeugt.

»Lärm gegenüber sind wir wehrlos«, sagte er. »Über die Macht von Bildern auf unsere Emotionen ist schon viel gesagt worden. Wir schützen unsere Kinder vor dem Anblick brutaler Szenen. Bei Filmen wird eingeblendet: Nicht geeignet für Zuschauer unter 18 Jahren. Wir wissen, dass Bilder Schaden im Gefühlsleben anrichten können. Die Macht von Lärm aber wird unterschätzt. Wir vergessen, dass wir biologisch nicht mit den Werkzeugen ausgestattet sind, Lärm zu entgehen. Die Geräusche dringen in uns ein wie die Luft in unsere Lungen. Es gibt keine Möglichkeit, ihnen zu entfliehen. Von dem Philosophen Arthur Schopenhauer stammt der Ausspruch, dass für den denkenden Menschen Lärm Folter bedeutet, weil Lärm uns der Fähigkeit zum Nachdenken beraubt. Grundlage für das Verstandesgebäude, für Wissen, Erholung, Gesundheit, ist die Stille. Sie ist der tragende Balken. Lärm zersetzt uns. Macht uns verrückt. Und tatsächlich leben wir in einer Welt, in der der Ausverkauf der Stille bereits stattgefunden hat. In Städten wie der unseren gibt es keine Stille mehr. Städte wie die unsere sind schädlich in ihrer akustischen Hysterie. In Fahrstühlen und Supermärkten läuft Musik. In Geschäften und Parks. Wenn der Lärm in unsere Wohnung, in unseren Frieden eindringt, ist er wie ein Einbrecher, der uns erbarmungslos bestiehlt und vergewaltigt. Er raubt uns, was uns am kostbarsten ist: unseren Frieden und unseren Verstand. Eine Vorstellung davon, wie schädlich Lärm ist, machen wir uns erst, wenn eine Tragödie wie die meines Mandanten ruchbar wird.«

Etwas später erklärte mein Anwalt, wir alle hätten Mordgelüste. »Was aber nicht heißt, dass wir potentielle Mörder sind.

Zwischen unseren Mordgedanken und ihrer Umsetzung in die Tat liegt ein langer Weg. Ein großer Sprung, wie Sigmund Freud gesagt hat. Wir müssen einen Riesenschritt tun, um vom Gedanken zur Tat zu gelangen. Wer von Ihnen hat noch nie einem leichtsinnigen Autofahrer im Straßenverkehr den Tod gewünscht? Wer von Ihnen hat noch nie einen trägen Mitmenschen, der sich in der Schlange vor der Supermarktkasse nicht von der Stelle rührt, zur Hölle gewünscht? Diese Art von urbanen kleinen Hassgefühlen erleben wir ganz unweigerlich im hektischen Leben der Großstädte. Harmlose kleine Hassgefühle, die vorübergehen wie Sommerregen. Unsere Domestizierung wird dadurch nicht zerstört. Und auch nicht unser Gehirn. Doch so, wie die Anklage das Drama dargestellt hat, über das hier zu befinden ist, handelt es sich bei meinem Mandanten um einen Barbaren, der seine destruktiven Instinkte so wie die meisten von uns, wenn sie am Steuer sitzen, nicht beherrschen kann. Für die Anklage darf mein Mandant nicht Auto fahren, weil er die anderen Verkehrsteilnehmer der Stadt gefährdet. Es geht hier aber nicht um ein kleines, vertrautes Hassgefühl. Medizinisch gesehen ist der Zustand meines Mandanten ein anderer. Bei ihm handelt es sich um eine Krankheit. Und um eine perverse Realität, die der Auslöser für dieser Krankheit ist.«

Mein Auftritt hätte nicht besser ausfallen können, sagte Moreira Mendes mir, nachdem ich die Fragen der Geschworenen beantwortet hatte. Ich hatte allen Rede und Antwort gestanden, angefangen bei meinem Anwalt und anschließend verschiedenen Geschworenen. Auch der Staatsanwalt wollte mich befragen, doch Moreira Mendes hatte mich bereits instruiert.

»Wir werden für diesen Sadisten nicht den Clown spielen.«

Er hielt alle Staatsanwälte für Sadisten. »Niemand wird rein zufällig Staatsanwalt. Oder Zahnarzt. Oder Schuldeneintreiber. Das sind Berufe, deren Ausübung eine gehörige Portion Sadismus erfordert.«

Doch um zum Wesentlichen zurückzukehren: Ich machte tatsächlich eine gute Figur. Alle hörten mir aufmerksam zu und schauten mich wirklich an. Selbst im Unterricht in der Schule hatte ich nie so sehr die Hauptrolle gespielt. Ich musste nicht einmal lügen. Ich tat, worum Moreira Mendes mich gebeten hatte und berichtete, dass manche Töne mich beruhigten, ebenso wie manche Wörter es vermochten, und dass ich sie wie die Dichter gerne zu Ton- und Bedeutungsgruppen zusammenfügte und unterteilte. Dass ich Gedichte liebte. Und dass andere Töne die gegenteilige Macht besaßen und in meinem Inneren eine Art Juckreiz und eine angstvolle Unruhe auslösten, die meinen Mund austrockneten. Dass einige Töne mir zudem den Magen zuschnürten, jedoch nicht so stark, dass ich mich übergeben musste. In Bezug auf das Verbrechen gab ich an, ich hätte niemanden getötet. Die Waffe sei versehentlich losgegangen. Und mein Nachbar habe einen tödlichen Sturz erlitten. Was die Zerstückelung anging, würde ich mich an gar nichts erinnern. Und seit ich begonnen hätte, Medikamente zu nehmen, sei all das Vergangenheit. Einschließlich der Geräusche. Die Medikamente hätten für mich dieselbe Funktion wie für Hunde die Ohren. Sie dämpften die Geräusche. Heute könne ich im Gefängnis sogar fernsehen, ohne dass mich die Sportmoderatoren oder die Werbespots störten.

Marta, die vor mir aussagte, log sehr viel. Mehr als ich, will ich damit sagen. Denn ich log nicht. Ich übertrieb nur. Marta aber sagte nicht die Wahrheit. Zumindest hatte sie mir das, was sie dort schilderte, nie erzählt, nämlich dass sie glaube, ich verstünde manchmal nicht, was um mich herum gesprochen werde. Mitunter würde ich sinnloses Zeug reden.

»Aufgrund von akustischem Stress?«, fragte Moreira Mendes. Alles, was dort zur Sprache kam, bezog er aus strategischen Gründen auf dieses Thema. Ja, hatte sie bestätigt. Ja, ja, ja, wie eine Braut vor dem Altar war sie mit allem einverstanden. Sie sagte, bei solchen Gelegenheiten hätten sich meine Augen geweitet, die Pupillen seien größer geworden und ich sei erblasst, als wiche das Blut aus mir.

Unsere Tochter Helena berichtete ebenfalls von Umständen, die mir unbekannt waren. Während ihrer gesamten Kindheit und Jugend sei ich ein sanftmütiger, hingebungsvoller Vater gewesen. Einzig bei der Telenovela hätte ich die Geduld verloren, weshalb weder sie noch ihre Mutter diese in meiner Gegenwart hätten sehen können, ohne dass ich mich aufgeregt hätte.

All das natürlich, nachdem wir die Anklagevorwürfe bestritten hatten. Wir bestritten alles. Wir räumten nur ein, was aufgrund der Beweise unumgänglich war: das Nachmachen der Schlüssel und den Hausfriedensbruch. In dieser Hinsicht waren wir äußerst effizient.

Als die Geschworenen sich zurückzogen, um abzustimmen, waren wir sehr zuversichtlich.

»Einer Sache bin ich mir sicher: Wir haben diese Leute in ihrer Überzeugung erschüttert«, sagte Moreira Mendes zu mir.

Helena und Marta wirkten hochzufrieden. Bárbara warf mir aus dem Publikum eine Kusshand zu, die ich in der Luft auffing und wie einen Handball zu ihr zurückschickte.

Als die Geschworenen wieder eintraten, fiel mir auf, dass

keiner von ihnen mich ansah. In wenigen Sekunden war alles dargelegt. Sie hatten die medizinischen Argumente für nicht ausreichend erachtet.

Mit fünf zu zwei erging die Entscheidung, dass ich schuldig war.

Der Richter hatte die Zahl vermutlich schon im Kopf gehabt, denn sein Urteil fiel schnell: vierzehn Jahre und zehn Monate im geschlossenen Vollzug.

EPILOG

Sechs Beweisfragen hatte das Gericht zu berücksichtigen:

Ob ich vorsätzlich oder unabsichtlich auf das Opfer geschossen hatte.
Ob das Opfer infolge meiner Tat zu Tode gekommen war.
Ob ich die Tat bei klarem Verstand oder in einer Phase geistiger Umnachtung begangen hatte.
Ob das Opfer die Möglichkeit gehabt hatte, sich zu wehren, und ob das Opfer noch lebte oder bereits tot war, als ich es zerstückelte.
Ob ich für dieses Verbrechen freigesprochen werden sollte oder nicht.

Zwei Jahre und zehn Monate der Gesamtstrafe musste ich für die Zerstückelung der Leiche verbüßen.

Ich fand die Verurteilung nicht gerecht. Aus verschiedenen, von Moreira Mendes angeführten Gründen. Jeder weiß, dass es Affekttaten und logisch geplante Taten gibt. Falls ich ein Verbrechen begangen haben sollte, handelte es sich um eine logische Unterkategorie der geplanten Affekttat, eine Tat, die ich infolge eines logischen Schlusses begangen hatte, ich würde sagen, eine Syllogismustat.

Ich habe die Matte weggezogen.
Senhor Ypsilon befand sich auf der Matte.
Senhor Ypsilon ist gestorben.

In Wahrheit habe ich kein Verbrechen begangen, sondern einen Fehler, und noch heute finde ich die Strafe unverhältnismäßig hoch für einen Fehler.

Als ich in Handschellen hinausgeführt wurde, befand sich eine Menschenansammlung vor dem Tor. Ich wurde beklatscht und ausgebuht.

Sie, Rúbia Maria, war ebenfalls dort. Das berichtete sie mir in ihrem ersten Brief, den ich einige Tage nach meiner Verurteilung erhielt.

»Ich wollte Sie von Nahem sehen«, schrieb sie.

Rúbia war ebenso wie ich Lehrerin, hatte den Beruf aber vor längerer Zeit aufgegeben, weil sie ja »kein Clown oder dergleichen« sei. Sie war vierzig Jahre alt, geschieden und Inhaberin einer kleinen Eisdiele in São Miguel Paulista.

Zusammen mit dem Brief hatte sie einen Zeitungsausschnitt aus der Zeit geschickt, als ich verhaftet worden war, einen Artikel mit der Überschrift »Lehrer tötet, zersägt und versteckt sein Opfer fünf Tage lang im Schrank«.

»Seit ich zum ersten Mal Ihr Foto gesehen habe, verfolge ich Ihren Fall«, teilte Rúbia mir mit.

»Darf ich den Brief lesen?«, hatte Doni mich damals gefragt. Es gab keinen Grund, ihm den Wunsch abzuschlagen.

»Sieh mal, hier«, sagte er und zeigte auf eine bestimmte Passage. »›Ich sehe Güte in Ihren Augen.‹ Die Irre sieht Güte in deinen Augen.«

Ich weiß, es ist schwer zu verstehen, wie sich jemand für einen Menschen interessieren kann, der im Gefängnis sitzt. Ich selbst hatte meine Schwierigkeiten. Doni war es, der mir das Phänomen erklärte.

»So wie es Männer gibt, die auf große Busen oder dicke Hinterteile stehen, gibt es Frauen, die auf uns stehen«, sagte er. »Auf Korrupte. Diebe. Gauner. Psychopathen. Mörder. Drogendealer. Ich weiß nicht, ob es unser Verbrechen oder unsere Berühmtheit ist, unsere Waffen oder unser persönlicher Charme, aber Fakt ist, dass sie von uns fasziniert sind. Kannst du dich noch an den Fußballspieler erinnern, der seiner Frau Säure ins Gesicht geschüttet hat? Er hat später einen Fan geheiratet. Direkt hier, im Knast.«

Doni ließ sich gerne über das aus, was er als seine »Theorie zur Sache« bezeichnete.

»Das Problem der brasilianischen Frauen ist, dass ein Großteil der männlichen Bevölkerung des Landes im Gefängnis sitzt«, erklärte er. »Wenn es in dieser Geschwindigkeit weitergeht, haben wir in Brasilien bald mehr Männer im Knast als in Freiheit. Was sollen die Frauen da tun? Das, was Rúbia schlauerweise gerade macht: lernen, uns zu mögen. Sich in ehrenwerte Männer zu verlieben«, schloss er, »wird nur noch etwas für perverse Frauen sein.«

Den ersten Brief, den ich Rúbia schrieb, diktierte mir Doni. Dann aber berührte mich die Sache doch irgendwie. Briefe schreiben, Briefe bekommen, Briefe wieder lesen, all das hatte zur Folge, dass ich anfing, Wölbungen zu erahnen. Texturen. Vollkommenes Ineinanderpassen. Hohlräume und Protuberanzen. Ich konnte fast schon sehen, wie die Rakete an der Basis andockte.

Der erste Besuch fand an einem Sonntag vor Weihnachten statt. Rúbia war groß genug, um nicht als Zwergin zu gelten, hatte einen schmächtigen Körper, sehr kurzes Haar und war von einer heiteren Schönheit, die sie jünger als vierzig Jahre wirken ließ.

Sie hatte entsprechend den Regeln der Haftanstalt ungefüllte Kekse und ein Album mitgebracht, in dem »alles stand, was in der Presse« über mich erschienen war.

»Ich wollte schon immer einen Mörder kennenlernen«, sagte sie, ehe sie ihren Mund auf meinen drückte.

Ich weiß nicht, ob es ihre Art war, sich in die Dunkelheit zu stürzen, oder ihre Zunge, die nach Minze schmeckte: Eine Welle pulsierender Freude überschwemmte mich, und die Wörter kamen mir in rascher Folge in den Sinn:

Rein,

Hinein,

Schwöre,

Perforiere,

Obskur und

Futur.

Ich montiere weiterhin Wasserhähne und breche weiterhin Rekorde. Es gefällt mir, Teile zusammenzufügen und sie in einen nützlichen Gegenstand zu verwandeln. Ich fühle mich gerne produktiv. Außerdem schreibe ich ein Buch über mein Leben. Ein Handbuch, um Menschen aus der Mittelschicht wie mir beizubringen, wie man im Gefängnis überlebt. Doni zufolge wird das eine neue Sparte auf dem brasilianischen Ratgebermarkt begründen.

Die Amtsärzte glauben nicht, dass ich Epileptiker bin. Ich bin mir selbst nicht sicher, obwohl ich zuweilen wegen des Lärms eine Druckspannung im Nacken verspüre. Seit ich aufgehört habe, Medikamente zu nehmen, fürchte ich mich vor einem Anfall. Geräusche stören mich zwar, bringen mich aber nicht um den Verstand. Ich habe auch das Glück, in einem friedlichen Flügel zu leben, in dem es nach zweiundzwanzig

Uhr still ist. Bei uns herrscht Disziplin. Wir halten die Ruhezeiten ein und schlafen geregelt.

Ich kann sagen, dass ich zufrieden bin. Ja, es stimmt, das Essen ist miserabel, manchmal scheißen wir deswegen Blut. Aber ich habe Doni an meiner Seite. Wir spielen Backgammon, wie zwei Alte. Uns fehlt dafür nur die Parkbank. Vor dem Abendessen mache ich Bauchmuskelübungen, aber Gedichte lese ich nicht mehr.

Mein Anwalt ist gegen die Entscheidung des Richters in Berufung gegangen und hat verloren. Er hat ein weiteres Rechtsmittel eingelegt und wieder verloren. Seit Helena aufgehört hat, ihn zu bezahlen, haben wir uns nicht mehr gesehen.

Ich habe Ziele und Erwartungen. Und das hält mich bei Kräften. Im Moment warte ich darauf, dass der Richter meinen Antrag auf einen Intimbesuch genehmigt, damit Rúbia und ich eine Stunde der Liebe miteinander verbringen können. An dem Tag wird sie neue Dessous in Leoparden- oder Zebramuster tragen, zumindest hat sie mir das versprochen.

Wenn ich in sie eindringe, werde ich ein glücklicher Mann sein. Auf dem Höhepunkt werde ich frei sein. Und in der Nacht werde ich im Schlaf an unsere Zukunftspläne denken.

Die Liebe hat für euklidische Geister stets etwas Lächerliches. Für die Wissenschaft handelt es sich dabei um eine enorme Menge an Phenethylamin. Hohe Dosen Dopamin und Norepinephrin. Pheromone, für den, der dran glaubt.

Für mich ist die Liebe der Beweis dafür, dass die Moleküle unseres Zytoplasmas reimen können. Deshalb fehlen mir auch die Dichter nicht mehr. In Wahrheit ersetzt die Liebe die Poesie.

Ende